Oscar Wilde

O Fantasma de Canterville
uma novela e três contos

Tradução e adaptação em português de
Rubem Braga

Ilustrações de
**Juan José Balzi
e Wanduir Duran**

editora scipione

Gerência editorial
Sâmia Rios

Edição
Cristina Carletti
Antonio Hansen Terra

Revisão
José Roberto David Segantini,
M. Estela Heider Cavalheiro,
Angelo Alexandref Stefanovits e
Thiago Barbalho

Coordenação de Arte
Antonio Tadeu Damiani

Programação visual de capa
Didier Dias de Moraes

Ilustração de capa
Wanduir Duran

Ilustração de miolo
Juan José Balzi

editora scipione

Avenida das Nações Unidas, 7221
Pinheiros – São Paulo – SP
CEP 05425-902

ATENDIMENTO AO CLIENTE
Tel.: 4003-3061

www.scipione.com.br
e-mail: atendimento@scipione.com.br

2022
ISBN 978-85-262-8339-8 – AL
ISBN 978-85-262-8340-4 – PR
CAE: 262929 AL
Cód. do livro CL: 737975
10.ª EDIÇÃO
9.ª impressão

Impressão e acabamento
Gráfica Paym

MISTO
Papel produzido a partir
de fontes responsáveis
FSC® C137933

Traduzido e adaptado de "The Canterville Ghost",
"The Remarkable Rocket", "The Star-Child" e "The
Birthday of the Infanta", in The complete illustrated
stories, plays and poems of Oscar Wilde. Londres:
Chancellor Press, 1986.

• ● •

Ao comprar um livro, você remunera e reconhece o trabalho do autor e de muitos outros profissionais envolvidos na produção e comercialização das obras: editores, revisores, diagramadores, ilustradores, gráficos, divulgadores, distribuidores, livreiros, entre outros.
Ajude-nos a combater a cópia ilegal! Ela gera desemprego, prejudica a difusão da cultura e encarece os livros que você compra.

• ● •

Dados Internacionais de Catalogação na Publicação (CIP)
(Câmara Brasileira do Livro, SP, Brasil)

Wilde, Oscar, 1854-1900.

O Fantasma de Canterville: uma novela e três contos / Oscar Wilde; adaptação em português de Rubem Braga. – São Paulo: Scipione, 1997. (Série Reencontro literatura)

1. Literatura infantojuvenil I. Braga, Rubem, 1913-1990. II. Título. III. Série.

97-1760   CDD-028.5

Índices para catálogo sistemático:
1. Literatura infantojuvenil   028.5
2. Literatura juvenil   028.5

Este livro foi composto em ITC Stone Serif e Frutiger
e impresso em papel Offset 75g/m².

SUMÁRIO

Quem foi Oscar Wilde? 5

O Fantasma de Canterville. 9

1 9

2 14

3 19

4 28

5 34

6 40

7 46

O Foguete Notável. 53

O Filho da Estrela 71

O aniversário da Infanta 95

Quem foi Rubem Braga? 120

QUEM FOI OSCAR WILDE?

Paris, 30 de novembro de 1900 – morre solitário, pobre e quase esquecido Oscar Wilde, que tinha sido o escritor de maior destaque na cena literária britânica do fim do século XIX. Sua fama se devia a doses proporcionais de talento e escândalo. Pelo primeiro atributo, sobreviverá eternamente; pelo segundo, conheceu o inferno nos seus últimos anos de vida.

Nascido em Dublin, Irlanda, a 15 de outubro de 1856 (alguns estudiosos afirmam que a data correta seria 16 de outubro de 1854; outros apontam o ano de 1855), Oscar Fingall O'Flahertie Wills Wilde desde cedo se sobressaiu tanto pela inteligência quanto pelo temperamento difícil e anticonvencional. Tendo iniciado seus estudos em sua terra natal em 1865, distinguiu-se por seus sólidos conhecimentos da língua e da literatura grega clássica, que lhe valeriam alguns prêmios e colaborariam para que conseguisse uma bolsa de estudos, graças à qual se transferiria para Oxford em 1874.

Durante a vida acadêmica, continuou o mesmo implacável e agudo crítico de tudo e todos que lhe parecessem medíocres, mas seu brilho, espírito e mordacidade tornavam seus ditos e sua conversação irresistíveis. Tornou-se o principal propagador do recém-surgido *Movimento Estético*, criado pela nova geração de intelectuais britânicos, com o fim de substituir o ranço, o mau gosto e o tradicionalismo das artes da época vitoriana por uma postura renovadora, corajosa e antiburguesa – não no sentido econômico, mas moral.

Ao cabo desse período de formação, durante o qual conquistou as mais elevadas distinções, publicou seus primeiros escritos (de inspiração clássica) e realizou suas primeiras viagens à Itália e Grécia, fixando-se em Londres no ano de 1879. Tornou-se uma personalidade conhecidíssima e muito comentada em toda a cidade, graças aos seus dotes já famosos e cada vez mais aguçados, e também à sua aparência: de elevada estatura, vestia-se extravagantemente, com roupas e adereços que, segundo ele, refletiam seu interior. Causava um certo choque, um pouco de escândalo, mas era presença obrigatória em eventos sociais importantes, não obstante seu desprezo à hipocrisia dominante e sua coragem de conduzir sua vida pessoal como melhor lhe conviesse.

A produção intelectual de Wilde teve sequência com *Vera*, texto para teatro, e a publicação de seus *Poemas*. Em 1882 viajou pelos Estados Unidos, onde realizou uma série de palestras que alcançaram grande repercussão. No ano seguinte visitou Paris e travou conhecimento com grandes expoentes do mundo artístico francês, como os escritores Victor Hugo, Émile Zola e Stephane Mallarmé, e os pintores Degas e Pissarro.

Em 1884 casou-se com Constance Lloyd, sua conterrânea, com a qual teria dois filhos; entretanto, os rumores sobre sua vida "irregular" já ganhavam corpo. Nos anos de 1887 e 1888 publicou, entre outros contos e novelas, *O Fantasma de Canterville* e *O príncipe feliz e outras histórias*, narrativas com tema e estrutura semelhantes aos dos contos de fadas, mas com uma carga de ironia, amargura e – não raro – humor cruel que as tornaram muito apreciadas sobretudo pelo público adulto.

Seu prestígio cresceria ainda mais nos anos seguintes, quando foram encenadas algumas de suas peças mais famosas, como *O leque de Lady Windermere, Uma mulher sem importância e Salomé*; complementou esse período de triunfo artístico a publicação de seu único romance e sua obra-prima: *O retrato de Dorian Gray*.

Entre muitos sucessos e alguns poucos fracassos, a tragédia pessoal eclodiu em 1895: foi julgado e condenado por manter uma ligação íntima com o jovem lorde Alfred Douglas.

A mesma aristocracia que havia tolerado muitas de suas provocações agora encontrava uma forma legal de puni-lo, obrigando-o a dois anos de trabalhos forçados, declarando-o falido e ignorando seus escritos. Na prisão, escreveu duas pungentes obras: *A balada do cárcere de Reading* e *De profundis*. Ao ser libertado, Wilde transfere-se para a França, onde passou a viver isolado, em hotéis baratos, destruindo-se lentamente através do absinto. Não voltaria a ver seus filhos, que trocaram de sobrenome, nem sua mulher, que morreria em 1899, um ano antes dele.

Anos mais tarde, sua produção voltou a ser reconhecida e o estigma que a encobriu, relativamente esquecido. Sua vida privada tem interesse apenas enquanto elucidadora de certos aspectos de sua obra; não a engrandece além dos seus méritos evidentes e, de modo algum, minimiza a sua importância.

Os quatro textos reunidos nesta edição, integralmente traduzidos por Rubem Braga, fornecem uma boa amostra do estilo wildeano, bem como dos temas caros ao autor.

O Fantasma de Canterville

1

Quando o Sr. Hiram B. Otis, o Ministro americano, comprou o Castelo de Canterville, todos lhe disseram que estava fazendo uma grande tolice, pois não havia qualquer dúvida de que o lugar era mal-assombrado. Na verdade, o próprio Lorde Canterville, que era homem da mais escrupulosa honradez, sentira-se no dever de mencionar o fato ao Sr. Otis ao discutirem os termos do negócio.

– Nós mesmos não quisemos mais morar ali – disse Lorde Canterville – desde que minha tia-avó, a Duquesa Viúva de Bolton, levou um susto tão grande que lhe causou um ataque do qual jamais se recuperou totalmente, ao sentir as duas mãos de um esqueleto pousarem em seus ombros no momento em que se vestia para o jantar. Sinto-me, assim, no dever de informar-lhe, Sr. Otis, que o fantasma tem sido visto por vários membros ainda vivos de minha família e também pelo vigário da paróquia, o Reverendo Augustus Dampier, que se formou no King's College, em Cambridge. Depois do lamentável acidente ocorrido com a Duquesa, nenhum dos criados mais novos quis permanecer conosco, e não raro Lady Canterville mal pôde dormir à noite por causa dos ruídos misteriosos que vinham do corredor e da biblioteca.

– Meu Lorde – respondeu o Ministro –, ficarei com os móveis e o fantasma, pelo preço do mercado. Venho de um país moderno, onde temos tudo que o dinheiro pode comprar. Como os nossos animados jovens andam agitando o Velho Mundo e levando para nossas terras as melhores atrizes e primas-donas europeias, concluo que se houvesse na Europa algo como um fantasma logo o teríamos em um dos nossos museus públicos, ou exibido em uma feira.

– Receio que o fantasma exista – disse Lorde Canterville, sorrindo –, embora possa haver resistido às investidas dos seus diligentes empresários. Ele é bastante conhecido há três séculos, precisamente desde 1584, e sempre faz sua aparição antes da morte de algum membro da nossa família.

– Ora, isso o médico da família também faz, Lorde Canterville. Mas fantasmas não existem, senhor, e creio que as leis da natureza não costumam ser suspensas em favor da aristocracia britânica.

– Os senhores, na América, certamente são muito naturais – respondeu Lorde Canterville, que não chegara a entender muito bem a última observação do Sr. Otis – e, se não se importam em ter um fantasma em casa, então está tudo bem. Só quero que se lembre de que o avisei.

Poucas semanas depois, o negócio foi formalizado e, ao fim da estação, o Ministro e sua família foram para a propriedade de Canterville. A Sra. Otis, que quando ainda era a Srta. Lucretia R. Tappan, da Rua 53 Oeste, fora uma famosa beldade de Nova Iorque, era agora uma atraente mulher de meia-idade, com belos olhos e um perfil soberbo. Muitas senhoras americanas, ao deixarem a terra natal, adotam a aparência de quem sofre de uma enfermidade crônica, achando que isto é uma forma de refinamento europeu, mas a Sra. Otis jamais incorreu nesse engano.

Tinha uma compleição magnífica e uma belíssima dose de vitalidade animal. Na verdade, em muitos aspectos era totalmente inglesa, e constituía um excelente exemplo de que, hoje em dia, a Inglaterra tem realmente tudo em comum com os Estados Unidos, exceto a língua, é claro. O filho mais velho, batizado de Washington pelos pais num momento de patriotismo que ele jamais cansou de lamentar, era um rapaz louro, de boa aparência, que se qualificara para a diplomacia americana por haver dirigido as atividades sociais do cassino de Newport em três temporadas sucessivas, e até mesmo em Londres era muito conhecido como excelente dançarino. Suas únicas fraquezas eram as gardênias e a aristocracia. Fora isso, era bastante sensato. A Srta. Virginia E. Otis era uma mocinha de quinze anos, esbelta e adorável como uma corça, e dos seus imensos olhos azuis emanava uma grande liberdade. Excelente amazona, uma vez vencera Lorde Bilton em uma corrida de duas voltas em torno do parque, chegando à estátua de Aquiles com um corpo e meio de vantagem. Isso despertou tal entusiasmo no jovem Duque de Cheshire que ele lhe propôs casamento na mesma hora, sendo recambiado pelos tutores para o colégio de Eton na mesma noite, banhado em lágrimas. Depois de Virginia vinham os gêmeos, conhecidos pelo apelido de Estrelas e Listras[1]. Eram meninos encantadores e, com exceção do digno Ministro, os únicos verdadeiros republicanos da família.

Como o Castelo de Canterville está a sete milhas de Ascot, a mais próxima estação da estrada de ferro, o Sr. Otis telegrafou pedindo que enviassem uma carruagem para buscá-lo, e todos partiram na maior alegria. Era uma agradável tarde de julho, e o ar recendia delicadamente à

---

[1] No original, *The Stars and Stripes*, alusão à bandeira americana.

fragrância dos pinheiros. De quando em quando, ouviam o arrulho orgulhoso de um pombo selvagem, ou divisavam, por entre a ramagem farfalhante das samambaias, o brilho de ouro polido do peito de um faisão. Pequenos esquilos os espreitavam dos galhos das faias, e os coelhos escapuliam céleres no meio do mato rasteiro ou por sobre as elevações cobertas de musgo, com o rabinho branco no ar. Mas, quando chegaram à entrada de Canterville, o céu repentinamente ficou carregado de nuvens, uma estranha imobilidade pareceu envolver a atmosfera, um bando de gralhas passou em silenciosa revoada sobre suas cabeças e, antes que alcançassem a casa, começaram a cair grossos pingos de chuva.

De pé na escadaria para recebê-los, estava uma velha mulher trajando um vestido de seda negro, touca e avental brancos. Era a Sra. Umney, a governanta, que a Sra. Otis, a pedido de Lady Canterville, concordara em manter no cargo. À medida que desciam da carruagem, ela fazia a cada um uma profunda reverência, saudando-os à maneira antiga:

– Sejam bem-vindos ao Castelo de Canterville.

Seguindo-a, atravessaram o vestíbulo em estilo Tudor até a biblioteca, uma sala comprida e de teto baixo, com lambris de carvalho negro, em cuja extremidade se abria uma grande janela de vidraças coloridas. Ali encontraram o chá já na mesa e, após tirarem as capas, sentaram-se e começaram a olhar em volta, enquanto a Sra. Umney os servia.

De repente, a Sra. Otis reparou em uma mancha vermelho-escura no assoalho, bem ao lado da lareira, e, ignorando totalmente o seu significado, disse à Sra. Umney:

– Acho que derramaram alguma coisa ali.

– Sim, senhora – respondeu a velha governanta, em voz baixa. – Derramaram sangue ali.

– Que coisa horrível! – exclamou a Sra. Otis. – Não gosto de manchas de sangue numa sala de estar. É preciso que seja removida imediatamente.

A velha sorriu e respondeu com a mesma voz baixa e misteriosa:

– É o sangue de Lady Eleanore de Canterville, que foi assassinada exatamente nesse lugar pelo próprio marido, Sir Simon de Canterville, em 1575. Sir Simon sobreviveu a ela nove anos e desapareceu repentinamente em circunstâncias bastante misteriosas. O corpo jamais foi encontrado, mas o seu espírito culpado até hoje assombra o castelo. A mancha de sangue tem sido muito admirada por turistas e outras pessoas, e não pode ser removida.

– Isto é bobagem! – gritou Washington Otis. – O Removedor de Manchas Campeão e o Detergente Modelo, da Pinkerton, vão limpá-la num piscar de olhos.

E, antes que a aterrorizada governanta pudesse intervir, ele já estava de joelhos, esfregando rapidamente o assoalho com um bastonete que parecia um cosmético negro. Em poucos instantes, já não se via mais qualquer vestígio da mancha de sangue.

– Eu sabia que a Pinkerton não ia falhar – exclamou ele, triunfante, correndo a vista pela família cheia de admiração. Mal acabara de falar, o clarão de um relâmpago iluminou o sombrio aposento, o tremendo estrépito de um trovão fez com que todos se pusessem em pé de um salto e a Sra. Umney desmaiou.

– Que clima horroroso! – disse calmamente o Ministro americano, enquanto acendia um enorme charuto.

– Creio que este velho país já está tão superpovoado que não há mais bom tempo suficiente para todo mundo. Sempre fui da opinião de que a única solução para a Inglaterra é a emigração.

– Meu querido Hiram – bradou a Sra. Otis. – O que se pode fazer com uma mulher que desmaia? – Desconte do ordenado dela a título de objetos quebrados – respondeu o Ministro. – Garanto que não desejará desmaiar de novo.

E, de fato, a Sra. Umney logo voltou a si. Mas não havia dúvida de que estava bastante transtornada, e advertiu solenemente ao Sr. Otis que se precavesse contra as desgraças que poderiam ocorrer na casa.

– Tenho visto coisas com os meus próprios olhos, senhor – disse ela –, que fariam arrepiar os cabelos de qualquer cristão. Muitas e muitas noites não preguei os olhos por causa das coisas pavorosas que aqui ocorrem.

Mas o Sr. Otis e a esposa garantiram firmemente à boa criatura que eles não tinham medo de fantasmas. Após invocar a bênção da Providência para os novos patrões e fazer algumas insinuações quanto a um aumento de salário, a velha governanta retirou-se trêmula para seu quarto.

2

A tempestade rugiu furiosa durante toda a noite, mas nada digno de nota ocorreu. Na manhã seguinte, porém, quando eles desceram para o desjejum, encontraram novamente a terrível mancha de sangue no assoalho.

– Não creio que seja culpa do Detergente Modelo – disse Washington –, pois já o experimentei em todo tipo de coisa. Deve ser o fantasma.

Assim, tornou a remover a mancha, mas na segunda manhã ela surgiu outra vez. Na terceira manhã também estava ali, embora a biblioteca tivesse sido trancada à noite pelo próprio Sr. Otis, que levou a chave para cima. A família inteira estava agora bastante interessada. O Sr. Otis começou a suspeitar de que fora por demais dogmático ao negar a existência de fantasmas, a Sra. Otis manifestou sua intenção de entrar para a Sociedade Psíquica e Washington preparou uma longa carta às maiores autoridades em assuntos relativos à Permanência de Manchas Sanguíneas quando relacionadas com crimes. Naquela noite, todas as dúvidas sobre a existência objetiva do fantasma foram removidas para sempre.

O dia tinha sido quente e ensolarado, e na fresca da tardinha toda a família saiu para um passeio de carro. Só voltaram para casa lá pelas nove da noite, quando fizeram um jantar ligeiro. Em nenhum momento da conversa se falou em fantasmas, de forma que não havia nem mesmo aquelas condições primárias de expectativa receptiva que frequentemente antecedem a manifestação de fenômenos psíquicos. Pelo que me contou depois o Sr. Otis, os assuntos discutidos foram simplesmente os normais nas conversas de americanos cultos da melhor classe, tais como a enorme superioridade das atrizes americanas sobre as britânicas, mesmo sobre a lendária Sarah Bernhardt; a dificuldade de se encontrar milho verde, bolo de trigo sarraceno e canjica, até nas melhores casas inglesas; a importância de Boston no desenvolvimento do espírito universal; as vantagens do processo de despacho das bagagens nas viagens de trem, e a suavidade do sotaque nova-iorquino comparado à fala pesada dos londrinos. Não foi feita qualquer menção ao sobrenatural, ou mesmo uma alusão a Sir Simon de Canterville.

Às onze horas a família recolheu-se, e meia hora depois todas as luzes estavam apagadas. Passado algum tempo, o Sr. Otis foi despertado por um estranho ruído no corredor, do lado de fora de seu quarto. Soava como o tinir de metais, e parecia se aproximar a cada momento. Levantou-se imediatamente, acendeu um fósforo e olhou o relógio. Era exatamente uma hora. Ele estava perfeitamente calmo; sondou o próprio pulso e verificou que não tinha febre. O estranho ruído ainda continuava, somando-se agora ao som nítido de passos. Calçou os chinelos, pegou no armário um vidrinho comprido e abriu a porta. Bem à sua frente viu, à claridade lívida do luar, um velho de terrível aspecto. Seus olhos eram vermelhos como brasas; os longos cabelos grisalhos caíam-lhe sobre os ombros em cachos emaranhados; sua roupa, de feitio antigo, estava suja e aos trapos, e dos punhos e tornozelos pendiam pesados grilhões e algemas enferrujadas.

– Meu caro senhor – disse o Sr. Otis –, permita-me que insista na conveniência de lubrificar essas correntes. Para isso eu lhe trago este vidrinho de Lubrificante Sol Nascente, da Tammany. Dizem que basta uma única aplicação para demonstrar sua eficácia, o que é comprovado por inúmeros testemunhos, impressos na bula, assinados por alguns dos mais eminentes teólogos da nossa terra. Vou deixá-lo aqui para o senhor, junto aos candelabros, e terei o maior prazer em fornecer-lhe mais, caso necessite.

Com essas palavras, o Ministro dos Estados Unidos deixou o vidrinho sobre uma mesa de mármore e, fechando a porta, voltou para a cama.

Por um instante, o fantasma de Canterville permaneceu absolutamente imobilizado pela natural indignação. Depois, atirando violentamente o frasco contra o pavimento encerado, lançou-se pelo corredor, soltando gemidos cavernosos e emitindo uma lúgubre luz verde. Mas, exatamente no instante em que atingiu o alto da grande escada de carvalho, uma porta escancarou-se, surgiram duas figurinhas vestidas de branco e um grande travesseiro passou zunindo rente à sua cabeça! Era evidente que não havia tempo a perder, de modo que, adotando às pressas a Quarta Dimensão do Espaço como meio de escapar, ele desapareceu através dos lambris, e a casa voltou a ficar em silêncio total.

Atingindo uma saleta secreta na ala esquerda, apoiou-se em um raio de luar para recuperar o fôlego e começou a tentar avaliar a situação. Jamais, em sua brilhante e ininterrupta carreira de trezentos anos, fora tão grosseiramente insultado. Pensou na Duquesa Viúva, que assustara a ponto de fazê-la desmaiar quando ela estava diante do espelho, com suas rendas e diamantes; nas quatro empregadas, que tiveram um ataque histérico só de vê-lo fazer algumas caretas por entre as cortinas de um dos quartos de hóspedes; no vigário da paróquia, cuja vela apagara quando ele voltava, já bem tarde, da biblioteca, e que desde então passara a ficar sob os cuidados de Sir William Gull, como um perfeito mártir das doenças nervosas; e na velha Madame de Tremouillac, que, tendo acordado cedo certa manhã e deparado com um esqueleto sentado em uma poltrona, junto à lareira, lendo o diário dela, teve que ficar presa ao leito por seis semanas com um ataque de febre cerebral e, ao se recuperar, reconciliou-se com a Igreja, rompendo suas ligações com Monsieur de Voltaire, aquele notório cético.

Lembrou-se também da terrível noite em que o malvado Lorde Canterville foi encontrado quase sufocado em seu quarto de vestir, com um valete de ouros enfiado na garganta, e confessou, minutos antes de morrer, que usara aquela mesma carta de baralho para trapacear e ganhar cinquenta mil libras de Charles James Fox, na casa de Crockford, e jurou que o fantasma o fizera engoli-la.

Todas as suas grandes façanhas voltaram-lhe à lembrança, desde o mordomo que se suicidou na despensa com um tiro, porque vira uma mão verde batendo na vidraça da janela, até a linda Lady Stutfield, que se viu obrigada a sempre usar uma faixa de veludo negro em torno do pescoço para esconder a marca de cinco dedos que queimaram sua pele alva e que acabou por afogar-se no tanque de carpas no final de King's Walk.

Com o egoísmo entusiástico do verdadeiro artista recapitulou suas mais célebres proezas, e sorriu amargamente ao relembrar sua última aparição como "Rubem Vermelho, ou O Bebê Estrangulado", sua estreia como "Esquelético Gideon, ou O Vampiro do Pântano de Bexley", e o furor que provocara numa agradável noite de junho, simplesmente por jogar boliche na quadra de tênis com os próprios ossos servindo como pinos.

E, depois de tudo isso, vinham agora uns miseráveis americanos modernos oferecer-lhe o Lubrificante Sol Nascente e atirar-lhe travesseiros na cabeça! Era intolerável. Além do mais, nenhum fantasma jamais fora tratado dessa forma em toda a história. Assim, decidiu vingar-se, e ficou até o amanhecer mergulhado em profunda meditação.

3

Na manhã seguinte, quando a família Otis se reuniu para o desjejum, o assunto em pauta foi o fantasma. O Ministro dos Estados Unidos estava, naturalmente, um tanto aborrecido por constatar que seu presente não fora aceito.

– Não tenho a menor intenção – disse – de causar qualquer dano pessoal ao fantasma, e devo dizer que, considerando o tempo que ele habita esta casa, não me parece nada gentil atirar-lhe travesseiros.

Uma observação bastante justa, a qual, lamento ter que dizer, foi recebida pelos gêmeos com estrondosas gargalhadas.

– Por outro lado – prosseguiu –, se ele realmente se recusa a utilizar o Lubrificante Sol Nascente, teremos que retirar-lhe as correntes. Será simplesmente impossível dormir com tamanho barulho junto aos quartos.

Mas durante o resto da semana não foram perturbados, e a única coisa que despertou alguma atenção foi a contínua renovação da mancha de sangue no assoalho da biblioteca. Isso era realmente muito estranho, uma vez que a porta era sempre trancada, à noite, pela Sra. Otis e as janelas permaneciam fechadas. Também as mudanças de cor da mancha provocaram muitos comentários. Em certas manhãs apresentava um tom vermelho-escuro, quase violeta, depois escarlate, em seguida púrpura, e certa vez, quando desceram para a oração familiar, seguindo o singelo ritual da Livre Igreja Episcopal Reformada Americana, encontraram-na de uma brilhante cor verde-esmeralda.

Naturalmente, essas mudanças caleidoscópicas divertiam bastante a família, que fazia entre si apostas sobre o assunto. A única que não participava da brincadeira era a pequena Virginia, que, por alguma razão inexplicada, ficava sempre triste à vista da mancha de sangue, e quase chorou na manhã em que ela surgiu verde-esmeralda.

A segunda aparição do fantasma foi na noite de domingo. Pouco após terem ido para a cama, foram todos subitamente assustados por um tremendo estrondo no vestíbulo. Ao correrem escada abaixo, viram que uma armadura antiga se desprendera do pedestal e caíra no chão de pedra, enquanto, sentado numa poltrona, estava o fantasma de Canterville, esfregando os joelhos com uma expressão de aguda agonia na face. Os gêmeos, que carregavam suas atiradeiras, imediatamente dispararam duas bolinhas contra ele, com uma precisão de pontaria só alcançada após longa prática em um professor de caligrafia, enquanto o Ministro dos Estados Unidos o colocava sob a mira do revólver, intimando-o com um "Mãos ao alto!", segundo a etiqueta californiana.

O fantasma levantou-se de um salto, soltando um selvagem grito de raiva, e disparou através deles como um nevoeiro, apagando à sua passagem a vela de Washington Otis e deixando-os em total escuridão. Ao chegar ao alto da escada, dominou-se e decidiu lançar sua famosa gargalhada demoníaca. Em mais de uma ocasião isso lhe fora extremamente útil. Dizia-se que numa só noite essa gargalhada embranquecera a cabeleira de Lorde Raker e levara três governantas francesas de Lady Canterville a pedir demissão antes de terminado o mês. Lançou assim sua mais horrível gargalhada, que ressoou no antigo teto abobadado; o eco ainda não desaparecera quando uma porta se abriu e a Sra. Otis surgiu em uma leve camisola azul-claro.

– Receio que o senhor não esteja passando muito bem – disse ela – e trouxe-lhe um vidro da tintura do Dr. Dobell. Se for indigestão, terá aqui um excelente remédio.

O fantasma lançou-lhe um olhar cheio de fúria e iniciou os preparativos para transformar-se em um enorme cão negro, façanha que lhe dera justa fama e à qual o médico da família sempre atribuíra a idiotice permanente do tio de Lorde Canterville, o Meritíssimo Thomas Horton. Mas o som de passos que se aproximavam o fez hesitar nesse terrível propósito, e contentou-se em se tornar levemente fosforescente, desvanecendo-se com um profundo gemido sepulcral no momento em que os gêmeos estavam para alcançá-lo.

Ao chegar ao seu quarto, sentiu-se totalmente deprimido e foi tomado da mais violenta agitação. A vulgaridade dos gêmeos e o grosseiro materialismo da Sra. Otis eram sem dúvida bastante vexatórios, mas o que realmente o perturbava era não ter conseguido vestir a armadura. Achara que até mesmo americanos modernos ficariam horrorizados ao ver o Espectro Armado, se não por razão mais sensível, pelo menos por respeito ao seu poeta nacional, Longfellow[2], cujas gentis e maviosas poesias serviram para distrair a ele próprio nas inúmeras e aborrecidas horas em que os Cantervilles estavam fora, na cidade. Além do mais, era a sua própria armadura. Usara-a com sucesso no torneio de Kenilworth e fora por isso cumprimentado efusivamente pela Rainha Elizabeth I em pessoa. Mas agora, ao tentar vesti-la, fora totalmente esmagado pelo peso da enorme couraça e do elmo de aço, e desabara pesadamente no chão de pedra, esfolando seriamente os dois joelhos e machucando os nós dos dedos da mão direita.

---

[2] Henry Longfellow (1807-1882), poeta do Romantismo norte-americano.

Depois disso, esteve muito doente por vários dias, e só deixava o quarto para fazer os devidos reparos na mancha de sangue. Cuidando-se bem, conseguiu sarar e resolveu fazer uma terceira tentativa de assustar o Ministro dos Estados Unidos e sua família. Escolheu a sexta-feira, 17 de agosto, para sua aparição, e levou a maior parte do dia a examinar o guarda-roupa, decidindo-se, por fim, em favor de um chapéu de abas largas com uma pena vermelha, uma mortalha com babados nos punhos e no pescoço e um punhal enferrujado.

Ao anoitecer, irrompeu uma violenta tempestade, e o vento era tão forte que todas as portas e janelas da velha casa sacudiam-se e chocalhavam. Era exatamente de um tempo assim que ele gostava. Seu plano de ação era o seguinte: entraria silenciosamente no quarto de Washington Otis, resmungaria alguma coisa ao pé da cama e enterraria por três vezes o punhal em sua própria garganta, ao som de uma música lenta. Dedicava a Washington um rancor especial, sabendo que era ele quem costumava remover a famosa mancha de sangue de Canterville, com a ajuda do Detergente Modelo, da Pinkerton. Após reduzir o imprudente e estouvado jovem a um estado de terror abjeto, passaria ao quarto ocupado pelo Ministro dos Estados Unidos e sua mulher e colocaria a mão úmida e pegajosa na testa da Sra. Otis, ao mesmo tempo que sussurraria ao ouvido do seu trêmulo marido os pavorosos segredos da capela mortuária.

Com relação à pequena Virginia, ainda não decidira nada. Ela jamais lhe dirigira qualquer insulto; além disso, era bonita e gentil. Uns poucos grunhidos cavernosos de dentro do guarda-roupa, pensou, seriam mais do que suficientes, ou, se isso não chegasse a despertá-la, poderia arranhar suas cobertas com os dedos crispados pela paralisia.

Quanto aos gêmeos, estava bem decidido a dar-lhes uma lição. A primeira coisa a fazer seria, é claro, sentar-se em cima do peito deles, provocando-lhes uma sufocante sensação de pesadelo. Então, como suas camas eram muito próximas, se estenderia entre elas sob a forma de um cadáver esverdeado e gelado, até que ficassem paralisados pelo terror. Finalmente, arrancando a mortalha, se arrastaria pelo dormitório, exibindo os ossos brancos e girando um olho em sua órbita, no papel de "Daniel, o Taciturno, ou O Esqueleto do Suicida", desempenho que em mais de uma ocasião produzira grande efeito e que considerava até mesmo à altura da sua representação de "Martin, o Maníaco, ou O Mistério Mascarado".

Às dez e meia, ouviu a família se dirigir para a cama. Durante algum tempo, foi perturbado pelas gargalhadas estridentes dos gêmeos, que, com a alegria solta de colegiais, como de hábito se divertiam antes de dormir, mas às onze e quinze tudo estava em silêncio, e ao soar meia-noite começou a agir. A coruja se debatia contra os vidros da janela, o corvo crocitava do alto de um antigo teixo e o vento vagava gemendo em torno do castelo como uma alma penada. Mas a família Otis dormia inconsciente de sua sorte e ele podia ouvir, acima do barulho da chuva e da tempestade, o ronco firme do Ministro dos Estados Unidos.

Deslizou furtivo para fora dos lambris, com um sorriso diabólico na boca cruel e enrugada; a lua escondeu sua face atrás de uma nuvem quando ele passou diante da grande janela envidraçada, onde estavam gravadas em azul e ouro suas próprias armas e as da esposa assassinada. Continuou deslizando como uma sombra infernal, parecendo aterrorizar as próprias trevas à sua passagem. Em dado momento, pareceu-lhe ouvir algum chamado, e parou; mas era apenas o ladrido de um cão no Sítio Vermelho, e ele prosseguiu, murmurando estranhas maldições do século XVI e brandindo de vez em quando o punhal enferrujado no ar da meia-noite.

Finalmente, chegou à esquina do corredor que levava ao quarto do infortunado Washington. Parou por um momento, o vento agitando-lhe as longas melenas grisalhas em torno da cabeça e retorcendo em formas grotescas e fantásticas o indescritível horror de sua sinistra mortalha. Então, o relógio bateu meia-noite e quinze e ele sentiu que o momento havia chegado. Riu-se baixinho e dobrou a esquina. Mas nesse mesmo instante, com um gemido de terror, retrocedeu, escondendo a face lívida nas longas e esqueléticas mãos. Bem à sua frente erguia-se um horrível espectro, imóvel como uma imagem esculpida e monstruoso como um pesadelo de louco! Sua cabeça era calva e reluzente, seu rosto era redondo, gordo e branco, e uma tenebrosa gargalhada parecia haver contorcido sua face em um eterno ricto. Jorravam-lhe dos olhos raios de luz escarlate, a boca era um grande poço de fogo e uma roupa hedionda, igual à sua própria, forjava numa alvura silenciosa a forma de um Titã. Sobre seu peito pendia uma tabuleta com uma estranha inscrição em caracteres antigos – com certeza uma mensagem infamante, alguma lista de pecados horrorosos –, e com a mão direita empunhava uma adaga de aço reluzente.

Como jamais tinha visto um fantasma, estava, naturalmente, apavorado e, após um segundo olhar rápido para o terrível espectro, voltou correndo para o quarto, tropeçando na longa mortalha ao passar pelo corredor, e por fim deixou cair o punhal enferrujado dentro de uma das botas de montar do Ministro, onde foi encontrado pelo mordomo na manhã seguinte.

Uma vez de volta ao abrigo do seu quarto, meteu-se numa pequena cama e escondeu a cara sob as cobertas. Mas após algum tempo recuperou o velho e bravo espírito de Canterville e decidiu-se a sair e a falar com o outro fantasma quando amanhecesse. Assim, logo que a aurora prateou a silhueta das colinas, voltou ao lugar em que pela primeira vez pousara os olhos sobre o horrendo espectro, considerando que, afinal de contas, dois fantasmas deviam valer mais do que um e que, com a ajuda do novo amigo, poderia enfrentar os gêmeos com mais segurança.

Ao chegar ao local, porém, esperava-o um pavoroso espetáculo. Era evidente que algo havia ocorrido ao espectro, pois a luz desaparecera inteiramente dos buracos dos olhos, a adaga reluzente caíra-lhe da mão e ele estava encostado à parede numa posição forçada e incômoda. Avançou e pegou-o pelos braços, quando, para seu horror, a cabeça soltou-se e saiu rolando pelo chão, o corpo caiu esticado e ele se viu agarrado a um cortinado branco de fustão, com uma vassoura, um facão de cozinha e a carapaça de um nabo caídos a seus pés. Incapaz de compreender tão estranha transformação, agarrou a tabuleta com uma pressa febril e então, à luz cinzenta da manhã, leu estas palavras terríveis:

O FANTASMA DE OTIS

O Único Espectro Original e Verdadeiro.

Cuidado com as Imitações.

Todos os outros são Falsificados.

Entendeu tudo de uma só vez: fora enganado, trapaceado, ridicularizado! A velha chama de Canterville voltou a brilhar em seus olhos. Cerrou as gengivas desdentadas e, erguendo bem alto as mãos murchas acima da cabeça, jurou, seguindo a pitoresca fraseologia da escola antiga, que, quando o Chantecler[3] soasse pela segunda vez sua alegre trompa, ocorreriam feitos sangrentos e o Assassinato iniciaria sua marcha com pés silentes.

Mal terminara o terrível juramento quando, do telhado vermelho de uma casa distante, um galo cantou. Soltou então uma longa, profunda e amarga gargalhada, e esperou. Hora após hora ele esperou, mas o galo, por alguma estranha razão, não cantou de novo. Finalmente, às sete e meia, a chegada das criadas obrigou-o a desistir de sua terrível vigília, e marchou de volta para o quarto, meditando sobre a vã esperança e o malogrado projeto. Lá consultou inúmeros livros sobre a antiga cavalaria, que apreciava muito, e descobriu que em todas as ocasiões em que fora feito um juramento semelhante o galo cantara uma segunda vez.

– Que o inferno carregue esta maldita ave! – murmurou. – Em outra época, eu teria atravessado sua garganta com minha intrépida lança, obrigando-a a cantar "Chegou a morte" para mim!

Recolheu-se então a um confortável caixão de chumbo e lá ficou até o anoitecer.

---

[3] Nome atribuído ao galo em relatos medievais.

4

No dia seguinte, o fantasma sentiu-se muito fraco e cansado. A terrível excitação das quatro últimas semanas começava a surtir efeito. Seus nervos estavam completamente destroçados, e sobressaltava-se ao mais leve ruído. Durante cinco dias permaneceu no quarto, e por fim decidiu-se a renunciar à mancha de sangue no chão da biblioteca. Se a família Otis não a queria, por certo não a merecia. Evidentemente, tratava-se de pessoas que pertenciam a um plano baixo e material da existência, totalmente incapazes de apreciar o valor simbólico dos fenômenos sensoriais. Já a questão das aparições de fantasmas e o desenvolvimento de corpos astrais era, sem dúvida, um outro assunto, que na verdade não estava sob seu controle. Era seu dever solene aparecer no corredor uma vez por semana e discursar da sacada da grande janela na primeira e na terceira quarta-feira de cada mês, e não via como poderia fugir honradamente a suas obrigações. É verdade que sua vida tinha sido bastante pecaminosa, mas ele sempre fora consciencioso nas coisas relacionadas ao sobrenatural.

E, assim, nos três sábados seguintes ele atravessou o corredor como de costume, entre meia-noite e três horas, tomando todas as precauções possíveis para não ser visto nem ouvido. Descalçou as botas, pisou o mais levemente possível as velhas tábuas carcomidas, envolveu-se num grande manto de veludo negro e teve o cuidado de usar o Lubrificante Sol Nascente para untar suas correntes. Sou obrigado a admitir que foi com grande relutância que resolveu adotar essa última medida de proteção. Entretanto, uma noite, quando a família estava jantando, ele esgueirou-se até o quarto da Sra. Otis e pegou o frasco. Sentiu-se um pouco humilhado, a princípio, mas logo teve o bom-senso de reconhecer que havia muito de positivo com relação àquela invenção e, até certo ponto, ela servia aos seus propósitos.

Mesmo assim, apesar de tudo, ele não foi deixado em paz. Frequentemente estendiam-se cordas através do corredor que o faziam tropeçar no escuro, e em uma ocasião, quando estava caracterizado de "Isaac, o Negro, ou O Caçador da Floresta de Hogley", levou um tombo perigoso ao escorregar numa camada de manteiga que os gêmeos haviam espalhado da entrada da Sala das Tapeçarias até o alto da escada de carvalho. Este último insulto o enraiveceu a tal ponto que decidiu visitar os insolentes jovens alunos de Eton na noite seguinte, com sua célebre caracterização de "Rupert, o Implacável, ou O Conde sem Cabeça".

Não usava esse disfarce há mais de setenta anos. Na verdade, desde que assustara com ele a linda Lady Barbara Modish de tal forma que ela repentinamente rompeu seu noivado com o avô do atual Lorde Canterville e fugiu para Gretna Green com o simpático Jack Castleton, declarando que nada no mundo a induziria ao casamento com alguém cuja família permitia a um fantasma tão horroroso ficar andando de um lado para o outro no terraço ao anoitecer. Mais tarde, o pobre Jack foi morto a tiro por Lorde Canterville num duelo em Wandsworth Common, e Lady Barbara morreu de tristeza em Tunbridge Wells antes de o ano acabar, de forma que sua atuação fora um grande sucesso em todos os sentidos. Era, porém, uma caracterização que exigia uma maquiagem extremamente difícil – se é que posso utilizar essa expressão teatral com relação a um dos maiores mistérios do sobrenatural, ou, para usar um termo mais científico, o mundo do hipernatural –, e ele gastou mais de três horas com os preparativos. Finalmente, ficou tudo pronto, e o resultado lhe agradou bastante.

As grandes botas de montaria que combinavam com o traje estavam um tanto folgadas para seus pés, e conseguiu achar apenas uma das duas pistolas, mas, no geral, estava plenamente satisfeito.

À uma e quinze atravessou os lambris e deixou-se deslizar para o corredor. Ao chegar ao quarto ocupado pelos gêmeos – que, devo mencionar, era conhecido como O Quarto da Cama Azul, por causa da cor do cortinado – encontrou a porta entreaberta. Desejando fazer uma entrada sensacional, escancarou-a bruscamente. E foi então que um pesado jarro de água despencou sobre ele, molhando-o até os ossos e errando seu ombro esquerdo por cerca de duas polegadas, apenas. Ao mesmo tempo, ouviu as risadinhas abafadas que partiam da cama com dossel. Para seu sistema nervoso o choque foi tão grande que teve que correr de volta para seu quarto o mais depressa que pôde, e no dia seguinte estava com um tremendo resfriado. Em tudo isso, a única coisa que o consolava era o fato de não haver levado a cabeça com ele, pois se o tivesse feito as consequências poderiam ter sido muito mais sérias.

Desde então, renunciou a qualquer esperança de conseguir assustar aquela grosseira família americana e contentou-se, no geral, em passar pelos corredores arrastando os pés calçados com chinelos de flanela, com um grosso cachecol vermelho enrolado no pescoço para prevenir as correntes de ar e um pequeno arcabuz para o caso de ser atacado pelos gêmeos.

Foi em 19 de setembro que recebeu o golpe final. Havia descido para o grande vestíbulo de entrada, na certeza de que pelo menos ali não seria molestado, e divertia-se fazendo observações irônicas sobre as grandes fotografias, assinadas por um mestre dessa nova Arte, do Ministro dos Estados Unidos e sua esposa, que agora substituíam os retratos a óleo da família Canterville. Estava simples mas decentemente vestido com um sudário largo, salpicado de bolor do cemitério. Tinha o maxilar amarrado com uma tira de linho amarelo e levava uma pequena lanterna e uma pá de coveiro. De fato, estava vestido para o papel de "Jonas, o Insepulto, ou O Ladrão de Cadáveres de Chester Barn", uma de suas mais notáveis caracterizações, da qual os Cantervilles tinham todas as razões para lembrar-se, pois fora a verdadeira origem de sua disputa com o vizinho, Lorde Rufford. Eram aproximadamente duas e quinze da madrugada e, ao que lhe parecia, todos estavam quietos. Mas quando se dirigia para a biblioteca, para ver se sobrara algum vestígio da mancha de sangue, lançaram-se sobre ele, de um canto escuro, dois vultos que sacudiam os braços sobre as cabeças e gritavam "BUUU" aos seus ouvidos.

Tomado de pânico, o que era bem natural dadas as circunstâncias, correu para a escada, mas ali encontrou Washington Otis esperando por ele com a grande mangueira do jardim. Estando assim cercado dos dois lados pelos inimigos, quase encurralado, desapareceu dentro da grande estufa de ferro, que para sua sorte não estava acesa, e teve que voltar ao seu quarto por entre tubos e chaminés, lá chegando num triste estado de sujeira, desalinho e desespero.

Depois disso, nunca mais foi visto em excursões noturnas. Os gêmeos ficaram à sua espera em diversas ocasiões e, para grande contrariedade dos pais e das criadas, espalhavam cascas de nozes pelas passagens, mas foi tudo em vão. Era bem evidente que seus sentimentos haviam sido tão feridos que não tornaria a aparecer. Em consequência, o Sr. Otis retomou seu grande trabalho sobre a história do Partido Democrata, ao qual se dedicava há vários anos. A Sra. Otis organizou uma fantástica mariscada ao ar livre, que assombrou a todos no condado.

Os meninos passaram a dedicar-se ao hóquei, ao *lacrosse*[4], ao *euchre*[5], ao pôquer e a outros jogos nacionais americanos. E Virginia cavalgava seu pônei pelas aleias, acompanhada pelo jovem Duque de Cheshire, que fora passar a sua última semana de férias no Castelo de Canterville. Passou-se a acreditar que o fantasma havia ido embora, e a Sra. Otis escreveu uma carta a esse respeito a Lorde Canterville, que, em resposta, manifestou sua grande satisfação pela notícia e enviou as suas melhores congratulações à digna esposa do Ministro.

Mas os Otis se enganavam, pois o fantasma ainda vivia no castelo e, embora quase inválido, não estava absolutamente disposto a deixar as coisas naquele pé, principalmente quando soube que entre os hóspedes estava o jovem Duque de Cheshire, cujo tio-avô, Lorde Francis Stilton, apostara certa vez cem guinéus com o Coronel Carbury que jogaria dados com o fantasma de Canterville; foi encontrado na manhã seguinte estendido no chão da sala de jogos em tão irrecuperável estado de paralisia que, embora vivesse depois até uma idade avançada, jamais conseguiu dizer outra coisa que não fosse "Par de seis". Na época, a história tornou-se muito conhecida, embora, naturalmente, tivessem sido feitos todos os

---

[4] Jogo de bola disputado por duas equipes empunhando raquetes.
[5] Jogo carteado, no qual se utilizam trinta e duas cartas.

esforços para abafá-la, em consideração aos sentimentos das duas famílias. Um relato completo de todas as circunstâncias ligadas ao caso pode ser encontrado no terceiro volume das *Recordações do Príncipe Regente e seus Amigos*, de Lorde Tattle. Assim, era natural que o fantasma estivesse bastante ansioso em demonstrar que não perdera sua influência sobre os Stiltons, com os quais, na verdade, tinha um distante parentesco, pois sua prima-irmã se casara em segundas núpcias com o Sieur de Bulkeley, de quem, como todos sabem, o Duque de Cheshire era descendente direto. Em consequência disso, fez os preparativos necessários para aparecer ao namoradinho de Virginia em sua célebre personificação de "O Monge Vampiro, ou O Beneditino Exangue", uma caracterização tão horripilante que, quando a velha Lady Startup a viu – o que ocorreu em uma noite de ano-novo, em 1764 –, começou a emitir gritos lancinantes que culminaram em violenta apoplexia e morreu ao fim de três dias, após deserdar os Cantervilles, que eram seus parentes mais próximos, e deixar todo seu dinheiro ao seu boticário de Londres. No último momento, entretanto, o pavor aos gêmeos evitou que deixasse seu quarto, e o pequeno Duque dormiu em paz sob o grande dossel no leito de Diurnas da Alcova Real e sonhou com Virginia.

5

Poucos dias depois Virginia e seu cavaleiro de cabelos cacheados saíram a cavalgar pelos prados de Brockley, onde, ao saltar uma sebe, ela rasgou de tal forma o traje de amazona que, quando voltou para casa, resolveu subir pela escada dos fundos para não ser vista. Ao passar apressada pela Sala das Tapeçarias, cuja porta estava aberta, pareceu-lhe ver alguém em seu interior. Pensando que fosse a criada de sua mãe, que às vezes costumava costurar ali, deteve-se para pedir-lhe que cerzisse sua roupa. Para sua imensa surpresa, era o próprio Fantasma de Canterville! Ele estava sentado perto da janela, olhando o ouro velho das árvores amarelas oscilando pelo ar e as folhas vermelhas em sua dança louca ao longo da alameda. Tinha a cabeça apoiada na mão, e sua aparência geral era de extrema depressão. Na verdade, parecia tão triste e em tão mau estado que a pequena Virginia, cujo primeiro impulso fora fugir correndo e trancar-se no quarto, foi tomada de compaixão e resolveu tentar confortá-lo. Tão leves eram os passos da jovem e tão profunda a melancolia do Fantasma, que ele só se deu conta da presença dela quando a ouviu falar:

– Estou com muita pena do senhor, mas meus irmãos vão voltar para Eton amanhã, e então, se o senhor se comportar bem, ninguém mais irá aborrecê-lo.

– É um absurdo pedir que eu me comporte bem – respondeu ele, voltando-se atônito para a linda menina que ousara dirigir-lhe a palavra –, totalmente absurdo. Tenho que chocalhar minhas correntes, gemer através dos buracos de fechadura, vagar durante a noite, se é a isso que se refere. É minha única razão de existir.

– Isso não é nenhuma razão de existir, e o senhor sabe muito bem que foi muito malvado. A Sra. Umney contou-nos, no dia em que chegamos aqui, que o senhor matou sua esposa.

– Bem, isso eu admito plenamente – disse o Fantasma com petulância –, mas foi apenas um assunto de família, que não era da conta de mais ninguém.

– Não é correto matar os outros – disse Virginia, que às vezes assumia uma suave gravidade puritana, herdada de algum remoto antepassado que teria ajudado a colonizar a Nova Inglaterra.

– Oh, detesto a severidade vulgar da ética abstrata! Minha mulher era muito enfadonha, jamais engomava direito minhas golas e não entendia nada de cozinha. Olhe, um dia eu matei um veado no Bosque Hogley, um magnífico espécime jovem, e sabe como ela o serviu à mesa? Bem, de qualquer forma, isso agora não interessa mais, é assunto encerrado, e também não acho que tenha sido correto os irmãos dela terem me deixado morrer de fome, só porque eu a matei.

– Matá-lo de fome? Oh, Sr. Fantasma, quero dizer, Sr. Simon, o senhor está com fome? Tenho um sanduíche na cesta. Está servido?

– Não, obrigado, agora não como mais nada. Mas é muita gentileza sua, de qualquer forma, e a senhorita é bem mais amável do que o resto dessa sua família horrível, grosseira, vulgar e desonesta.

– Chega! – gritou Virginia, batendo o pé. – O senhor é que é grosseiro, e horrível, e vulgar. E, quanto à sua honestidade, sabe muito bem quem roubou as tintas do meu estojo para tentar restaurar aquela ridícula mancha de sangue na biblioteca. Primeiro levou meus vermelhos, inclusive o vermelhão, e não pude mais pintar crepúsculos; então levou o verde-esmeralda e o amarelo-cromo, e por fim só fiquei com o índigo e o branco-chinês, e só podia fazer paisagens de luar, que são sempre deprimentes de se ver e nada fáceis de pintar. Jamais o denunciei, embora ficasse bastante aborrecida e tudo isso fosse absolutamente ridículo, pois quem já ouviu falar em sangue verde-esmeralda?

– Bem, tem razão – disse o Fantasma, com humildade –, mas o que eu podia fazer? Hoje em dia é muito difícil conseguir sangue de verdade e, como foi seu irmão que começou toda essa complicação com o Detergente Modelo, achei que não havia nada de errado em pegar suas tintas. Quanto à cor, isto é sempre uma questão de gosto: os Cantervilles têm sangue azul, por exemplo, o mais azul da Inglaterra. Mas sei que vocês, americanos, não dão importância a esse tipo de coisa.

– O senhor não sabe nada, e o melhor que pode fazer é emigrar para aprimorar sua mente. Meu pai terá o maior prazer em conseguir-lhe um passe livre e, embora haja pesadas tarifas para os espíritos de qualquer espécie[6], não haverá dificuldades com a alfândega, pois os funcionários são todos democratas. Uma vez em Nova Iorque, pode estar certo de que fará um grande sucesso. Conheço muitas pessoas que dariam cem mil dólares para ter um avô, e muito mais do que isto para ter um fantasma na família.

– Não creio que gostaria da América.

– Suponho que é porque não temos ruínas nem curiosidades – disse Virginia, ironicamente.

– Não têm ruínas! Não têm curiosidades! – respondeu o Fantasma. – Vocês têm sua Esquadra e seus costumes.

---

[6] No original, um trocadilho: em inglês, *spirits* é também a palavra comumente utilizada para designar bebidas alcoólicas.

– Boa noite. Vou pedir a papai que consiga mais uma semana de férias para os gêmeos.

– Por favor, não vá, Srta. Virginia – gritou ele. – Estou tão sozinho e tão infeliz que realmente não sei o que fazer. Quero dormir e não consigo.

– Isto é totalmente absurdo. Basta que se deite na cama e apague a vela. Às vezes, é difícil ficar acordado, principalmente na igreja, mas não existe nenhuma dificuldade em dormir. Até os bebês sabem fazer isso, e olhe que não são lá muito inteligentes.

– Há trezentos anos que não durmo – disse ele com tristeza, e os lindos olhos azuis de Virginia se arregalaram de espanto. – Não durmo há trezentos anos, e estou muito cansado.

Virginia ficou séria e seus delicados lábios tremeram como pétalas de rosa. Aproximou-se dele e, ajoelhando-se ao seu lado, fitou o seu velho rosto murcho.

– Pobre Fantasma – murmurou ela. – O senhor não tem um lugar para dormir?

– Muito longe, além dos bosques de pinheiros – respondeu ele, em voz baixa e sonhadora –, existe um pequeno jardim. Ali a grama cresce alta e espessa, veem-se as grandes estrelas brancas da flor da cicuta, e o rouxinol canta a noite inteira. A noite inteira ele canta, e a lua fria e cristalina olha para baixo, e o teixo estende seus braços gigantescos sobre os que dormem.

Os olhos de Virginia encheram-se de lágrimas, e ela escondeu a face nas mãos.

– O senhor está falando do Jardim da Morte – sussurrou ela.

– Sim, a Morte. A Morte deve ser tão linda! Repousar na terra macia e escura, com a grama oscilando por cima da gente, e ouvir o silêncio. Não ter ontem, nem amanhã.

Esquecer o tempo, esquecer a vida, estar em paz. Você pode ajudar-me. Pode abrir para mim os portais da casa da Morte, porque o Amor está sempre com você, e o Amor é mais forte do que a Morte.

Virginia estremeceu, um calafrio percorreu seu corpo, e por alguns momentos houve silêncio. Ela tinha a sensação de estar em meio a um sonho terrível.

Então o Fantasma falou de novo, e sua voz soava como o suspiro do vento.

– Você já leu a antiga profecia na janela da biblioteca?

– Oh, muitas vezes – exclamou a jovem, erguendo os olhos. – Já a sei toda de cor. Está pintada em estranhas letras pretas, e é difícil de ler. São apenas seis versos:

Quando uma loura jovem conseguir
Preces dos lábios do pecado ouvir,
Quando a seca amendoeira frutificar,
E uma menina suas lágrimas derramar,
Então a casa tranquila ficará
E a paz a Canterville chegará.

Mas não sei o que significam.

– Significam – disse ele tristemente – que você precisa chorar pelos meus pecados, porque não tenho lágrimas, e rezar por minha alma, porque não tenho fé, e então, se você for sempre doce, boa e gentil, o Anjo da Morte terá pena de mim. Você verá formas terríveis na escuridão, e vozes más sussurrarão aos seus ouvidos, mas não lhe farão mal, pois contra a pureza de uma criança os poderes do Inferno não prevalecem.

Virginia não respondeu, e o Fantasma torceu as mãos com intenso desespero ao baixar a vista sobre sua inclinada cabecinha loura. De repente, ela se levantou, muito pálida, e com uma estranha luz nos olhos.

– Não tenho medo – disse ela com firmeza – e pedirei ao Anjo que tenha piedade do senhor.

Ele se ergueu da cadeira com um pequeno grito de alegria e, tomando sua mão, inclinou-se numa reverência antiquada e beijou-a. Seus dedos eram frios como gelo e seus lábios queimavam como fogo, mas Virginia não hesitou quando ele a conduziu através do quarto imerso na penumbra. Na desbotada tapeçaria verde viam-se bordados pequenos caçadores, que tocaram suas trompas enfeitadas de borlas e fizeram com suas mãozinhas sinais para que ela retrocedesse:

– Volte, Virgininha! – gritavam. – Volte! – Mas o Fantasma apertou-lhe a mão com mais firmeza, e ela fechou os olhos para não vê-los.

Animais horríveis com rabos de lagarto e olhos esbugalhados piscavam para ela da lareira esculpida, murmurando:

– Cuidado, Virgininha, cuidado! Talvez nunca mais a vejamos!

Mas o Fantasma andava ainda mais depressa, e Virginia não os escutou. Ao chegarem à extremidade do salão, ele parou e sussurrou algumas palavras que ela não conseguiu compreender. Ela abriu os olhos e viu a parede esvanecendo-se lentamente como uma névoa e uma grande caverna escura à sua frente. Um vento cortante e gelado sibilou em torno deles, e ela sentiu que alguma coisa puxava seu vestido.

– Depressa, depressa – gritou o Fantasma –, ou será tarde demais.

E logo os lambris fecharam-se atrás deles, e a Sala das Tapeçarias ficou vazia.

6

Uns dez minutos depois soou a campainha para o chá e, como Virginia não descesse, a Sra. Otis mandou um dos criados chamá-la. Pouco depois, ele voltou e disse que não conseguira encontrar a Srta. Virginia em parte alguma. Como ela costumasse ir ao jardim todas as tardes apanhar flores para a mesa do jantar, a princípio a Sra. Otis não se alarmou. Mas, quando soaram as seis horas e Virginia ainda não aparecera, ela ficou realmente preocupada e mandou os rapazes à procura da irmã, enquanto ela própria e o Sr. Otis revistavam todos os quartos da casa.

Às seis e meia, os rapazes voltaram e disseram que não encontraram sinal da irmã em parte alguma. Estavam todos agora muito excitados, sem saber o que fazer, quando o Sr. Otis de repente se lembrou de que, alguns dias antes, dera permissão a um bando de ciganos para acampar no parque. Assim, ele partiu imediatamente para Blackfell Hollow, onde eles deveriam estar, acompanhado pelo filho mais velho e por dois empregados da granja. O pequeno Duque de Cheshire, em estado de total ansiedade, implorou para que o deixassem ir também, mas o Sr. Otis não concordou, pois temia que ocorresse alguma confusão. Ao chegar ao local, verificou que os ciganos tinham partido. Havia sinais evidentes de que tinham saído às pressas, pois a fogueira ainda ardia e alguns pratos estavam atirados sobre a grama. Após mandar Washington e os dois homens explorar a região, ele voltou para casa e enviou telegramas a todos os inspetores de polícia do condado, pedindo-lhes para procurar uma menina que havia sido sequestrada por vagabundos ou ciganos. Em seguida, ordenou que lhe arreassem o cavalo e, após insistir para que sua mulher e os três rapazes fossem jantar, saiu cavalgando pela estrada de Ascot em companhia de um criado.

Não havia andado nem um par de milhas, porém, quando ouviu alguém galopando atrás dele. Voltou-se e viu o pequeno Duque aproximando-se em seu pônei, com o rosto muito vermelho e sem chapéu.

– Sinto muitíssimo, Sr. Otis – arquejou o rapaz –, mas não conseguirei comer enquanto Virginia não for encontrada. Por favor, não fique aborrecido comigo. Se o senhor tivesse permitido que ficássemos noivos no ano passado, todo esse aborrecimento jamais teria ocorrido. Não me mandará voltar, não é? Não posso voltar! Não quero voltar!

O Ministro não pôde deixar de sorrir para o jovem simpático e impetuoso, sentindo-se bastante tocado pela sua devoção a Virginia. Assim, inclinando-se sobre a sela, bateu-lhe no ombro e disse:

– Bem, Cecil, se você não quer voltar, acho que deve vir comigo, mas terei de conseguir-lhe um chapéu em Ascot.

– Oh! Não quero saber de chapéu! Eu quero é Virginia! – gritou o pequeno Duque, rindo, e eles galoparam para a estação ferroviária. Lá, o Sr. Otis perguntou ao chefe da estação se alguém correspondendo à descrição de Virginia fora visto na plataforma, mas não teve notícias dela. O chefe da estação, porém, telegrafou para todas as estações ao longo da linha e garantiu que seria mantida uma rigorosa vigilância. Depois de comprar um chapéu para o jovem Duque numa loja que já estava prestes a fechar, o Sr. Otis seguiu para Bexley, uma aldeia a quatro milhas de distância onde, segundo fora informado, os ciganos costumavam se reunir, já que lá havia um grande terreno baldio. Acordaram o guarda rural, mas não conseguiram dele nenhuma informação. Após percorrerem toda a área, tocaram os cavalos de volta para casa, chegando ao castelo cerca de onze horas, mortos de cansaço e quase desesperados. Encontraram Washington e os gêmeos carregando lanternas, a esperar por eles no portão, pois a alameda estava muito escura.

Não se descobrira o menor traço de Virginia. Os ciganos foram alcançados nos prados de Broxley, mas ela não estava com eles; os andarilhos explicaram sua súbita partida dizendo que se haviam enganado quanto à data da Feira de Chorton; assim, saíram às pressas temendo chegar atrasados. Mostraram-se realmente muito tristes ao saber do desaparecimento de Virginia, pois eram muito gratos ao Sr. Otis por haver-lhes permitido acampar em seu parque, e mandaram quatro deles auxiliar nas buscas.

O tanque das carpas foi dragado e todo o castelo vasculhado cuidadosamente, mas sem qualquer resultado. Parecia-lhes que, pelo menos naquela noite, continuariam sem saber de Virginia. Foi num estado da mais profunda depressão que o Sr. Otis e os rapazes se encaminharam para casa, seguidos pelo criado, que puxava os dois cavalos e o pônei.

No vestíbulo, encontraram um grupo de criados aterrorizados e, deitada num sofá da biblioteca, a pobre Sra. Otis, quase fora de si de horror e ansiedade, enquanto a velha governanta lhe umedecia a testa com água-de-colônia. O Sr. Otis insistiu que comesse alguma coisa e ordenou que fosse servida uma ceia para todos. Foi uma refeição melancólica, pois quase ninguém conseguia falar. Até os gêmeos estavam temerosos e consternados, pois gostavam muito da irmã. Quando terminaram, o Sr. Otis, a despeito dos pedidos do jovem Duque, mandou que fossem todos para a cama, dizendo que nada mais poderia ser feito naquela noite. Na manhã seguinte telegrafaria para a Scotland Yard, a fim de que alguns detetives lhe fossem enviados imediatamente.

No exato momento em que deixavam a sala de jantar, o relógio da torre bateu meia-noite, e ao soar a última badalada ouviu-se um estrondo e um grito estridente. Um tremendo trovão sacudiu a casa, flutuaram no ar os acordes de uma música sobrenatural, um painel no alto da escada despencou com estrépito e no patamar, muito pálida e branca, com um pequeno estojo na mão, surgiu Virginia. Na mesma hora atiraram-se todos a ela. A Sra. Otis abraçou-a apaixonadamente, o Duque cobriu-a de beijos violentos e os gêmeos executaram uma selvagem dança de guerra em torno do grupo.

– Oh, minha filha, onde você estava? – perguntou o Sr. Otis um tanto zangado, achando que ela tivesse pregado alguma tola peça neles. – Cecil e eu estivemos cavalgando por toda parte à sua procura, e sua mãe quase morreu de susto. Nunca mais faça uma brincadeira dessas.

– A não ser com o Fantasma! A não ser com o Fantasma! – gritaram os gêmeos, ainda saltitando.

– Minha filha querida, graças a Deus a encontramos. Não saia de perto de mim nunca mais – murmurou a Sra. Otis, enquanto beijava a trêmula menina e acariciava seus louros cabelos embaraçados.

– Papai – disse Virginia calmamente –, estive com o Fantasma. Ele está morto, e o senhor deve ir vê-lo. Ele foi muito malvado, mas depois mostrou-se realmente arrependido de tudo o que fez e antes de morrer deu-me esta caixa com lindas joias.

Toda a família a olhava muda de espanto, mas ela estava grave e séria. E, voltando-se, conduziu-os através da abertura nos lambris, descendo por um estreito corredor secreto. Washington os seguia, levando uma vela acesa que tinha apanhado em cima da mesa. Finalmente, chegaram a uma grande porta de carvalho cravejada de pregos enferrujados. Quando Virginia a tocou, a porta girou sobre seus pesados gonzos e eles se encontraram num quartinho baixo, de teto abobadado e com uma pequena janela gradeada. Cravado na parede havia um grande anel de ferro; acorrentado a ele, estava um sombrio esqueleto, estendido ao longo do chão de pedra, parecendo tentar agarrar com os longos dedos descarnados uma travessa e um jarro antigos, bem fora do seu alcance. Por certo, o jarro estivera outrora cheio de água, pois seu interior cobria-se de uma camada de lodo esverdeado. Na travessa havia apenas um monte de pó. Virginia ajoelhou-se ao lado do esqueleto e, juntando as pequenas mãos, começou a rezar silenciosamente, enquanto os demais olhavam espantados a cena da terrível tragédia cujo segredo lhes era agora revelado.

– Vejam! – exclamou subitamente um dos gêmeos, que estivera olhando pela janela para tentar descobrir em que ala da casa situava-se o quarto. – Vejam! A velha amendoeira seca floresceu. Posso ver perfeitamente suas flores ao luar.

– Deus o perdoou – disse Virginia solenemente, levantando-se, e um belo clarão pareceu iluminar seu rosto.

– Você é um anjo! – gritou o jovem Duque e, passando-lhe o braço em torno do pescoço, beijou-a.

7

Quatro dias após esses curiosos incidentes, por volta das onze horas da noite um cortejo fúnebre partiu do Castelo de Canterville. O carro era puxado por oito cavalos negros, cada um levando à cabeça um enorme penacho de plumas de avestruz, e o caixão de chumbo estava coberto com uma rica mortalha púrpura, na qual ia bordado a ouro o brasão de armas dos Cantervilles. Ao lado do coche fúnebre e das carruagens caminhavam os criados com tochas acesas, e a procissão inteira era maravilhosamente impressionante. Lorde Canterville era o principal acompanhante, tendo vindo especialmente do País de Gales para assistir ao funeral, e estava sentado na primeira carruagem, ao lado da pequena Virginia. Vinham em seguida o Ministro dos Estados Unidos e sua mulher, depois Washington e os três rapazes, e na última carruagem estava a Sra. Umney. Todos acharam que, como ela tivesse sido assustada pelo fantasma por mais de cinquenta anos de sua vida, tinha o direito de ver o seu fim. Uma cova bem funda fora cavada num canto do cemitério, debaixo do velho teixo, e o ofício fúnebre foi lido de forma impressionante pelo Reverendo Augustus Dampier. Quando a cerimônia terminou, os criados apagaram suas tochas, seguindo um antigo costume da família Canterville, e no momento em que o caixão era baixado à sepultura Virginia adiantou-se e depositou sobre ele uma grande cruz feita de flores brancas e rosadas de amendoeira. Enquanto o fazia, a lua surgiu de trás de uma nuvem e inundou com sua prata silenciosa o pequeno cemitério, e num bosque distante um rouxinol começou a cantar. Ela se lembrou da descrição que o fantasma lhe fizera do Jardim da Morte, seus olhos turvaram-se de lágrimas e mal conseguiu falar durante a volta para casa.

Na manhã seguinte, antes que Lorde Canterville partisse para a cidade, o Sr. Otis teve uma conversa com ele a respeito das joias que o fantasma dera a Virginia. Elas eram simplesmente magníficas, em particular um colar de rubis com fecho veneziano, um soberbo exemplar da ourivesaria do século XVI. Seu valor era tal que o Sr. Otis sentiu consideráveis escrúpulos em permitir que sua filha as aceitasse.

— Meu Lorde — disse ele —, sei que neste país se costuma aplicar a lei de inalienabilidade tanto às joias como às terras, e está absolutamente claro para mim que essas joias são, ou deveriam ser, herança de sua família. Rogo-lhe, assim, que as leve para Londres consigo e as considere simplesmente como parte de sua propriedade, que lhe foi restituída sob certas estranhas condições. Quanto à minha filha, é apenas uma criança e tem ainda, folgo em dizê-lo, escasso interesse nesses fúteis acessórios de luxo. Fui também informado pela Sra. Otis, que, devo dizer, é uma considerável autoridade em Arte — tendo tido o privilégio de passar vários invernos em Boston, quando menina —, de que essas gemas são de grande valor e se colocadas à venda podem alcançar um preço elevado. Diante dessas circunstâncias, Lorde Canterville, estou certo de que o senhor reconhecerá que me é impossível permitir que elas permaneçam em posse de qualquer membro da minha família. E, na verdade, todos esses adornos e quinquilharias, embora desejáveis ou necessários à dignidade da aristocracia britânica, estariam completamente deslocados entre os que foram educados dentro dos severos, e a meu ver imortais, princípios da austeridade republicana. Talvez deva mencionar que Virginia está bastante desejosa de que o senhor lhe permita conservar o estojo, como lembrança de seu infeliz mas transviado ancestral. Como se trata de uma peça bastante velha, precisando até de um bom conserto, o senhor talvez possa concordar com o seu pedido. De minha parte, confesso que estou bastante surpreso em ver uma filha minha manifestar simpatia por qualquer forma de medievalismo e só posso atribuí-lo ao fato de Virginia ter nascido em um subúrbio londrino, pouco após o regresso da Sra. Otis de uma viagem a Atenas.

Lorde Canterville ouviu gravemente as palavras do digno Ministro, cofiando de quando em quando os bigodes grisalhos para esconder um involuntário sorriso e, quando o Sr. Otis terminou, apertou-lhe a mão cordialmente e disse:

– Meu caro senhor, sua encantadora filhinha prestou ao meu infortunado ancestral, Sir Simon, um serviço muito importante, e eu e minha família estamos imensamente agradecidos a ela por sua maravilhosa coragem e decisão. As joias evidentemente lhe pertencem e, sem dúvida, acredito que, se eu fosse cruel o bastante para tirá-las dela, dentro de quinze dias o danado do velho sairia de seu túmulo para infernizar a minha vida. Quanto a serem bens de herança, não constitui herança nada que não tenha sido mencionado em um testamento ou documento legal; assim, a existência dessas joias era completamente desconhecida. Asseguro-lhe que não tenho mais direito a elas do que seu mordomo e, quando a Srta. Virginia crescer, garanto que ficará feliz em ter lindas coisas para usar. Além do mais, o senhor esquece, Sr. Otis, que adquiriu a mobília e o fantasma pelo preço combinado, e qualquer coisa que pertenceu ao fantasma passou automaticamente à sua propriedade, já que, fosse qual fosse a atividade que Sir Simon possa ter desempenhado à noite no corredor, do ponto de vista da lei ele estava realmente morto, e o senhor adquiriu suas propriedades mediante compra.

O Sr. Otis ficou bastante contrariado com a recusa de Lorde Canterville, e implorou-lhe que reconsiderasse a decisão, mas o bem-humorado fidalgo fincou pé e acabou persuadindo o Ministro a permitir que sua filha conservasse o presente que o fantasma lhe dera. Quando por ocasião do seu casamento na primavera de 1890, a jovem Duquesa de Cheshire foi apresentada na primeira sala de recepções da Rainha, suas joias foram objeto de admiração geral. Pois Virginia recebeu o diadema de nobreza, que é o prêmio de todas as boas meninas americanas, e casou-se com seu namorado logo que ele completou a maioridade. Estavam ambos tão encantadores e tão enamorados que todos se maravilharam com o casal. Exceto a velha Marquesa de Dumbleton, que tentara agarrar o Duque para uma de suas sete filhas solteiras e dera com esse propósito nada menos que três caríssimos jantares, e também, por estranho que pareça, o próprio Sr. Otis. Ele gostava muito do jovem Duque pessoalmente, mas em tese era contrário a títulos e, para usar suas próprias palavras, "não era sem apreensão que via, entre as influências irritantes de uma aristocracia amante do prazer, a tendência ao esquecimento dos verdadeiros princípios da austeridade republicana". Suas objeções, porém, foram completamente vencidas, e creio que, quando avançava pela nave da Igreja de Saint George, em Hannover

Square, conduzindo a filha pelo braço, não havia homem mais orgulhoso em toda a extensão da Inglaterra.

Terminada a lua de mel, o Duque e a Duquesa foram para o Castelo de Canterville, e no dia seguinte à sua chegada saíram a passeio, à tardinha, até o solitário cemitério junto ao bosque de pinheiros. A princípio, houvera grande dificuldade quanto à escolha do epitáfio a ser gravado no túmulo de Sir Simon, mas finalmente decidiu-se inscrever simplesmente as iniciais do velho fidalgo e os versos da janela da biblioteca. A Duquesa levara consigo algumas lindas rosas, que depositou sobre o túmulo, e, após permanecerem junto dele por algum tempo, entraram na capela em ruínas da velha abadia. Ali, a Duquesa sentou-se em um pilar tombado, enquanto seu marido, a seus pés, fumava um cigarro e olhava os seus lindos olhos. De repente, jogou fora o cigarro, segurou sua mão e disse-lhe:

– Virginia, uma mulher não deve ter segredos para o marido.

– Meu querido Cecil! Não tenho nenhum segredo para você.

– Tem, sim – respondeu ele, sorrindo. – Você nunca me contou o que lhe aconteceu quando esteve trancada com o fantasma.

– Nunca contei a ninguém, Cecil – disse Virginia, séria.

– Sei disso, mas poderia contar-me

– Por favor, não me peça isso, Cecil. Não posso contar-lhe. Pobre Sir Simon! Devo-lhe muitíssimo. Sim, não ria, Cecil, realmente devo. Ele me fez ver o que é a Vida, e o que significa a Morte, e por que o Amor é mais forte que ambas.

O Duque levantou-se e beijou a esposa carinhosamente.
– Pode guardar seu segredo enquanto eu tiver seu coração – murmurou ele.
– Ele sempre foi seu, Cecil.
– E um dia você contará aos nossos filhos, não é?
Virginia ruborizou-se.

O Foguete Notável

O filho do Rei ia casar, e o regozijo era geral. Ele esperara o ano inteiro pela noiva, que afinal havia chegado. Era uma Princesa Russa e viajara desde a Finlândia numa carruagem puxada por seis renas. A carruagem tinha o feitio de um grande cisne dourado, e entre as asas do cisne ficava a Princesinha. Seu longo manto de arminho descia até os pés; em sua cabeça havia uma fina touca tecida com fios de prata, e ela era tão pálida quanto o Palácio da Neve no qual sempre vivera. Era tão pálida que, quando passava pelas ruas, todos se admiravam.

– Parece uma rosa branca! – exclamavam, e atiravam-lhe flores das sacadas.

O Príncipe esperava-a no portal do castelo. Ele tinha sonhadores olhos violeta e seu cabelo era como de fios de ouro. Quando a viu, fez uma grande reverência e beijou-lhe a mão.

– Seu retrato era lindo – murmurou –, mas você é mais bonita ainda! – e a Princesinha enrubesceu.

– Antes, ela parecia uma rosa branca – disse um jovem pajem ao vizinho. – Mas agora parece uma rosa vermelha.

E toda a Corte ficou encantada.

Nos três dias seguintes, todos falavam em "Rosa branca, Rosa vermelha, Rosa vermelha, Rosa branca", e o Rei mandou que o salário do Pajem fosse duplicado. Como ele não recebesse salário nenhum, isso não lhe foi lá de muita utilidade, mas o fato foi considerado uma grande honra e devidamente publicado na *Gazeta da Corte*.

Ao fim dos três dias, o casamento foi celebrado. Foi uma cerimônia magnífica e o noivo e a noiva andaram de mãos dadas sob um dossel de veludo púrpura bordado com pequenas pérolas. Então houve no Salão Nobre um solene banquete que durou cinco horas. O Príncipe e a Princesa sentaram-se nos lugares de honra e beberam numa taça de cristal puro. Só verdadeiros apaixonados poderiam beber dessa taça, pois se lábios mentirosos a tocassem ela ficaria acinzentada, manchada e baça.

– Está claro que eles se amam – disse o pequeno Pajem. – Claro como cristal.

E o Rei novamente dobrou seu salário.

– Que honra! – exclamaram os cortesãos.

Depois do banquete, haveria um baile. A noiva e o noivo dançariam juntos a Dança da Rosa, e o Rei prometera tocar flauta. Tocava muito mal, mas ninguém ousava dizer-lhe isso, pois ele era o Rei. O fato é que só sabia duas músicas e nunca estava muito certo de qual delas estava tocando. Mas isso não tinha muita importância, porque a qualquer coisa que fizesse todos exclamavam:

– Maravilha! Maravilha!

O último item da programação era um grande espetáculo pirotécnico, à meia-noite. A Princesinha nunca tinha visto fogos de artifício, e o Rei ordenou que o Fogueteiro Real ficasse a postos no dia do casamento.

– Como são esses fogos? – perguntou ela ao Príncipe, uma manhã, quando passeavam pelo terraço.

– São como a Aurora Boreal – disse o Rei, que sempre respondia às perguntas dirigidas aos outros. – Só que muito mais naturais. Gosto mais dos fogos que das estrelas, pois a gente sempre sabe onde elas vão aparecer. Além disso, os fogos são tão encantadores quanto a música da minha flauta. Você precisa vê-los.

No fundo do jardim foi armado um palanque e, assim que o Fogueteiro Real instalou tudo nos seus devidos lugares, os fogos começaram a conversar.

– O mundo é realmente muito bonito! – exclamou um pequeno Busca-Pé. – Olhe para aquelas tulipas amarelas. Nem se fossem bombinhas de verdade poderiam ser mais adoráveis. Estou muito feliz por ter viajado. Viajar aprimora a nossa mente e acaba com os preconceitos de qualquer um.

– O jardim do Rei não é o mundo, seu Busca-Pezinho tolo – disse um grande Chuveiro Romano. – O mundo é um lugar enorme, e você precisaria de três dias para vê-lo por inteiro.

– Qualquer lugar de que você goste é o seu mundo – disse a pensativa Roda Faiscante, que quando jovem estivera ligada a um velho Caixote de pinho e gostava de vangloriar-se de ter o coração ferido. – Mas o amor saiu de moda, os poetas o mataram. Escreveram tanto sobre ele que ninguém acredita mais nele, e isso não me surpreende. O amor verdadeiro é sofrido e silencioso. Lembro-me de mim mesma, certa vez... mas agora não importa, Romance é coisa do passado.

– Tolice! – disse o Chuveiro Romano. – O Romance é imortal. É como a Lua, e é eterno. A noiva e o noivo, por exemplo, estão profundamente apaixonados. Soube disso hoje de manhã por um cartucho de papelão, que por acaso estava na mesma gaveta que eu e que sabia das últimas da Corte.

Mas a Roda sacudiu a cabeça:

– O Romance morreu, o Romance morreu, o Romance morreu – murmurava. Era dessas pessoas que acham que, repetindo uma coisa muitas vezes, ela acaba virando realidade.

De repente, ouviu-se uma tosse seca e cortante e todos olharam em volta. Tinha vindo de um Foguete alto, de olhar reprovador, preso a uma longa vareta. Sempre tossia antes de dizer alguma coisa, para atrair a atenção.

– Aham! Aham! – disse.

E todos ficaram atentos, exceto a pobre Roda, que ainda sacudia a cabeça, murmurando:

– O Romance morreu.

– Ordem! Ordem no recinto! – gritou um Morteiro. Tinha pendores para político e sempre tivera papel de destaque nas eleições locais, sabendo usar as expressões parlamentares corretas.

– Morreu de vez – sussurrou a Rodinha, adormecendo.

Assim que se fez total silêncio, o Foguete tossiu pela terceira vez e começou. Falava numa voz lenta e clara, como se estivesse ditando suas memórias, e sempre olhava por cima do ombro daquele a quem se dirigia. De fato, tinha modos distintos.

– Que sorte para o filho do Rei – disse – casar-se no mesmo dia em que serei disparado! Realmente, se isso não tivesse sido arranjado com antecedência, não terminaria tão bem para ele. Mas os príncipes sempre são afortunados!

– Meu Deus! – disse o Busca-Pezinho. – Pensei que fosse o contrário, que nós seríamos disparados em honra do Príncipe.

– Pode ser que para você seja assim! – respondeu ele.

– Realmente, não tenho dúvidas de que assim seja, mas comigo é diferente. Sou um Foguete muito notável e descendo de pais notáveis. Minha mãe foi a Roda mais famosa do seu tempo e destacou-se pela graça de sua dança. Quando fez sua grande apresentação pública, rodopiou dezenove vezes antes de sair, e a cada volta atirava no ar sete estrelas cor-de-rosa. Tinha um metro e quinze centímetros de diâmetro e era feita com a melhor pólvora. Meu pai era de origem francesa e um Foguete como eu. Ele voou tão alto que as pessoas ficaram com medo de que não descesse mais. Mas ele voltou, porque era de caráter afável, e desceu formando um brilhante jato de chuva dourada. Os jornais escreveram sobre seu desempenho em termos altamente elogiosos. De fato, *a Gazeta da Corte* considerou-o um triunfo da Arte Pilotécnica.

– Pirotécnica, Pirotécnica, você quer dizer – gritou um Fogo de Bengala. – Sei que é Pirotécnica, porque vi escrito no meu cartucho.

– Bem, **eu** disse Pilotécnica – respondeu o Foguete num tom grave, e o Fogo de Bengala se sentiu tão arrasado que começou de repente a agredir as bombinhas, a fim de mostrar que era ainda pessoa de certa importância.

– Como eu ia dizendo – continuou o Foguete –, como eu ia dizendo... o que é mesmo que eu ia dizendo?

– Você estava falando sobre si mesmo – replicou o Chuveiro.

– Claro, sabia que estava discutindo algo interessante quando fui tão rudemente interrompido. Detesto rudeza e maus modos de qualquer espécie, pois sou muito sensível. Ninguém em todo o mundo é mais sensível do que eu, tenho certeza.

– Que é uma pessoa sensível? – perguntou o Morteiro ao Chuveiro Romano.

– É uma pessoa que, por ter calos, sempre pisa nos pés dos outros – respondeu o Chuveiro Romano, cochichando, e o Morteiro explodiu numa gargalhada.

– Poderiam dizer-me de que estão rindo? – perguntou o Foguete. – **Eu** não estou rindo.

– Estou rindo porque estou feliz – replicou o Morteiro.

– É uma razão muito egoísta – disse o Foguete, furioso. – Que direito tem você de estar feliz? Você deveria estar pensando nos outros. Deveria estar pensando em mim. Estou sempre pensando em mim, e espero que os outros façam o mesmo. É o que se chama expressar solidariedade. É uma virtude linda e a tenho em alto grau. Suponhamos, por exemplo, que alguma coisa me aconteça hoje à noite, que azar seria para todos! O Príncipe e a Princesa nunca mais seriam felizes de novo, sua vida de casados ficaria estragada. E, quanto ao Rei, sei que não se recuperaria disso. Realmente, quando penso na importância da minha posição, me comovo até as lágrimas.

– Se você quer agradar aos outros – disse o Chuveiro Romano – é melhor ficar seco.

– Certamente – disse o Fogo de Bengala, que já estava em melhor estado de ânimo. – É apenas uma questão de senso comum...

– Senso comum, realmente! – disse o Foguete, indignado. – Você esquece que sou muito **fora do comum**, e bastante notável. Qualquer um pode ter senso comum, desde que não tenha imaginação. Mas eu tenho imaginação, porque nunca penso nas coisas como elas realmente são. Sempre penso nelas como sendo bem diferentes. Quanto a me manter seco, não há ninguém aqui, evidentemente, que possa de maneira alguma apreciar uma natureza emotiva. Felizmente para mim, não ligo. A única coisa que nos mantém através da vida é a consciência da enorme inferioridade dos outros; esse é um sentimento que sempre cultivei. Mas nenhum de vocês tem coração. Estão rindo aqui e fazendo brincadeiras como se o Príncipe e a Princesa não tivessem acabado de casar.

– Ora, francamente – disse o Balão Francês –, por que não? É uma ocasião muito festiva e quando eu me elevar no ar pretendo contar tudo às estrelas, em detalhes. Você vai vê-las piscar quando eu lhes falar sobre a beleza da noiva.

– Ah! Que visão superficial da vida! – disse o Foguete. – Mas eu não esperava outra coisa. Não há nada em você, você é oco e vazio. Ora! Talvez o Príncipe e a Princesa possam vir a morar num país onde exista um rio fundo e talvez eles venham a ter somente um filho, um garotinho de cabelos claros e olhos violeta como o Príncipe, e talvez algum dia ele vá passear com a babá, e talvez a babá durma debaixo de uma árvore centenária, e talvez o menininho caia no rio e se afogue. Que desgraça! Eu nunca me recuperaria disso.

– Mas eles não perderam nenhum filho único – disse o Chuveiro Romano. – Não lhes aconteceu nenhuma desgraça.

– Jamais disse que aconteceu – retrucou o Foguete.

– Disse apenas que poderia acontecer. Disse que, se eles perdessem seu filho único, não iria adiantar falar mais nada sobre o assunto. Detesto gente que chora sobre o leite derramado. Mas, quando penso que eles podem perder seu único filho, sinto-me seriamente afetado.

– Claro que sim! – disse o Fogo de Bengala. – Você é a pessoa mais afetada que já vi.

– E você é a pessoa mais grosseira que já encontrei – disse o Foguete –, e não pode entender minha amizade pelo Príncipe.

– Como? Você nem o conhece! – resmungou o Chuveiro Romano.

– Nunca disse que o conhecia – respondeu o Foguete. – Parece-me provável que se o conhecesse não seria seu amigo de jeito nenhum. É muito perigoso conhecer os amigos.

– É melhor se manter seco – disse o Balão Francês.
– Isto é o mais importante.

– Importante para você, sem dúvida – respondeu o Foguete –, mas chorarei se assim o preferir.

E debulhou-se em lágrimas verdadeiras, que escorriam pela sua vareta como pingos de chuva e quase afogaram dois besourinhos que arquitetavam levantar uma casa juntos e estavam procurando um lugar seco e simpático para viver.

– Deve ter mesmo uma natureza verdadeiramente romântica – disse a Roda –, já que cai aos prantos quando não há razão para chorar. – E deu um grande suspiro, pensando no Caixote.

Mas o Chuveiro Romano e o Fogo de Bengala estavam muito indignados e puseram-se a repetir: "Farsante! Farsante!", com voz esganiçada. Eram extremamente práticos e tudo com o que não concordavam classificavam de farsa.

A lua nasceu maravilhosa como um escudo prateado, as estrelas começaram a brilhar e veio música do castelo.

O Príncipe e a Princesa lideravam o baile. Dançavam tão lindamente que os compridos lírios brancos espiavam pela janela, enquanto as papoulas vermelhas marcavam o compasso com a cabeça.

O relógio bateu dez horas, depois onze e afinal meia-noite, e na última batida todos saíram para o terraço. O Rei mandou vir o Fogueteiro Real.

– Que comecem os fogos! – disse o Rei, e o Fogueteiro Real fez uma reverência e marchou até o fim do jardim. Tinha seis ajudantes com ele, cada um carregando uma tocha acesa na ponta de uma vara comprida.

Foi uma exibição magnífica.

Ziiim! Ziiiim!, fez a Roda, girando e girando. Vupt! Vupt!, fez o Chuveiro Romano. Então os Busca-Pés dançaram por todos os lados e os Fogos de Bengala avermelharam tudo.

– Adeus! – gritou o Balão Francês, ao subir gotejando fagulhas azuis.

Pá! pá!, responderam as Bombinhas, que se divertiam imensamente. Todos foram um enorme sucesso, exceto o Foguete Notável. Estava tão molhado pelas próprias lágrimas que não acendia de jeito nenhum. A pólvora era o que ele tinha de melhor, mas ela estava tão ensopada com as lágrimas que não servia mais para nada. Todos os seus parentes pobres, aos quais só se dirigia com desdém, subiram para o céu como lindas flores douradas com botões de fogo.

– Viva! Viva! – exclamou a Corte. E a Princesinha riu de satisfação.

– Suponho que me estejam guardando para alguma grande ocasião – disse o Foguete. – Não há dúvida de que esta é a explicação! – e parecia mais prepotente do que nunca.

No dia seguinte, os trabalhadores vieram arrumar tudo.

– Deve ser uma comissão – disse o Foguete. – Recebê-la-ei com a devida dignidade.

Empinou o nariz e uniu as sobrancelhas, num ar severo, como se estivesse ponderando sobre algum assunto muito importante. Mas os trabalhadores não lhe deram nenhuma atenção, até a hora de ir embora, quando um deles voltou os olhos em sua direção.

– Epa! – exclamou. – Um foguete imprestável! – e atirou-o por cima do muro, em direção ao fosso.

– **Foguete imprestável? Foguete imprestável?** – disse, enquanto era lançado pelos ares. – Impossível! **Foguete formidável, formidável**, foi o que o homem disse. *Imprestável* e *formidável* soam parecido, e às vezes são a mesma coisa.

E caiu no meio da lama.

– Não é confortável, aqui – observou. – Mas é sem dúvida um balneário da moda, e me mandaram aqui para recuperar a saúde. Meus nervos estão abalados e preciso de descanso.

Uma pequena Rã, com os olhos brilhantes como pedras preciosas e o casaco matizado de verde, nadou em sua direção.

– Um recém-chegado – disse a Rã. – Afinal, não há nada como a lama. Deem-me um tempo chuvoso e uma vala, e estou feliz. Você acha que vai ser uma tarde úmida? Espero que sim, mas o céu está muito azul e sem nuvens. Que pena!

– Aham! Aham! – fez o Foguete e começou a tossir.

– Que voz encantadora você tem – disse a Rã. – Realmente, é bem parecida com um coaxar, e o coaxar é, naturalmente, o som mais musical do mundo. Você vai ouvir nosso coral esta tarde. Nós nos sentamos no antigo tanque dos patos, perto da casa do granjeiro, e assim que a lua nasce começamos. É tão extasiante que todos ficam acordados para nos escutar. O fato é que, exatamente ontem, ouvimos a mulher do granjeiro dizer à mãe dela que não dormira a noite inteira por nossa causa. É muito gratificante saber-se tão popular.

– Aham! Aham! – fez o Foguete furiosamente. Estava muito aborrecido por não encontrar uma brecha para se manifestar.

– Uma voz verdadeiramente encantadora – continuou a Rã. – Espero que venha até o tanque dos patos. Saí para procurar minhas filhas. Tenho seis lindas filhas e temo que algum peixe grande possa encontrá-las. Há um que é um perfeito monstro e não hesitaria em comê-las no café da manhã. Bem, adeus. Asseguro-lhe que gostei muito da nossa conversa.

– Conversa, ora essa! – disse o Foguete. – Você falou o tempo todo sozinha. Isso não foi uma conversa.

– Alguém precisa ouvir – respondeu a Rã. – Gosto de desenvolver a conversa toda sozinha. Poupa tempo e evita discussões.

– Mas eu gosto de discussões – disse o Foguete.

– Espero que não – disse a Rã, conciliadora. – Discussões são extremamente vulgares, pois todas as pessoas de boa sociedade têm exatamente as mesmas opiniões. Adeus de novo. Estou vendo minhas filhas lá adiante – e a Rã foi-se embora nadando.

– Você é uma pessoa muito irritante – disse o Foguete – e muito mal-educada. Detesto pessoas que falam delas mesmas, como você faz, quando outra pessoa quer falar de si mesma, como é o meu caso. É o que chamo de egoísmo, e egoísmo é a coisa mais detestável, especialmente para gente do meu temperamento, pois sou conhecido pela minha natureza solidária. Na verdade, você deveria tomar-me como exemplo; não poderia ter um modelo melhor. Agora que você tem oportunidade, aproveite, pois em breve estarei voltando para a Corte. Sou muito estimado lá, a ponto de o Príncipe e a Princesa terem se casado ontem em minha honra. Claro que você não sabe nada sobre isso, pois é uma provinciana.

– É inútil falar com ela – disse uma Libélula que estava sentada no alto de uma grande touceira de taboas. – É inútil porque ela já se foi embora.

– Bem, é ela quem perde, não eu – respondeu o Foguete. – Não deixarei de lhe falar só porque não me presta atenção. Gosto de me ouvir falar. É um dos meus maiores prazeres. Frequentemente passo muito tempo a conversar sozinho, e sou tão sagaz que às vezes não entendo uma única palavra do que digo.

– Nesse caso, você deveria fazer palestras sobre Filosofia – disse a Libélula, enquanto estendia um par de adoráveis asas de gaze e voava céu afora.

– Que tolice a dela, não ficar aqui! – disse o Foguete. – Estou certo de que não tem oportunidade de melhorar sua mente com muita frequência. No entanto, não me preocupo absolutamente. Gênios como eu, na certa, serão apreciados algum dia – e afundou um pouco mais na lama.

Após algum tempo, uma grande Pata Branca nadou até ele. Tinha pernas amarelas, pés membranosos e era considerada uma beleza por causa do seu rebolado.

– Quaque, quaque, quaque – disse ela. – Que formato engraçado você tem! Posso perguntar-lhe se nasceu assim ou se foi um acidente?

– É claro que você sempre viveu na roça – respondeu o Foguete –, de outro modo saberia quem sou. Entretanto, desculpo sua ignorância. Não seria justo esperar que os outros fossem tão excepcionais quanto eu. Você se surpreenderia, sem dúvida, ao ouvir que posso voar bem alto para o céu e descer num jorro de chuva dourada.

– Não acho nada demais nisso – disse a Pata. – Não vejo a utilidade que isso possa ter para alguém. Agora, se você pudesse arar os campos como um boi, ou guiar uma carroça como um cavalo, ou tomar conta dos carneiros como um cão pastor, isso seria algo importante.

– Criatura de Deus! – gritou o Foguete num tom de voz arrogante. – Vejo que você pertence a uma classe inferior. Uma pessoa da minha posição nunca é inútil. Temos certos dotes, e isto é mais do que suficiente. Não simpatizo com nenhum trabalho de qualquer espécie, menos ainda com esses que você parece ter sugerido. Sempre fui de opinião de que trabalhar é simplesmente uma fuga para pessoas que não têm absolutamente nada a fazer.

– Bem, bem – disse a Pata, que era muito pacífica e nunca discutia com ninguém –, cada um tem suas preferências. De qualquer modo, espero que você fixe residência por aqui.

– Oh, não, minha cara, de jeito nenhum! – exclamou o Foguete. – Sou um mero visitante, um visitante famoso. O fato é que acho este lugar muito entediante. Aqui não se tem um bom meio social e nem tampouco solidão. Isto aqui é profundamente suburbano. Provavelmente, voltarei à Corte, uma vez que estou destinado a causar uma grande sensação no mundo.

– Também já pensei em entrar para a vida pública – disse a Pata. – Existem tantas coisas para reformar... Já presidi uma assembleia, há algum tempo, e fizemos moções condenatórias a tudo que não gostamos. No entanto, não surtiram muito efeito. Agora, estou dedicada à vida doméstica, e tomo conta da minha família.

– Sou feito para a vida pública – disse o Foguete –, assim como meus parentes, mesmo o mais humilde deles. Onde quer que apareçamos despertamos grande atenção. Na realidade, eu mesmo ainda não fiz minha aparição, mas quando o fizer será uma visão maravilhosa. Quanto à vida doméstica, envelhece-nos muito depressa e tira-nos a atenção das coisas mais elevadas.

– Ah! As coisas elevadas da vida, como são lindas! – disse a Pata. – E isso me lembra como estou faminta – e lá se foi nadando correnteza abaixo, dizendo "quaque, quaque, quaque".

– Volte! Volte! – gritou o Foguete. – Tenho muito o que lhe dizer – mas a Pata não lhe prestou atenção.

– Estou feliz que tenha ido – disse para si mesmo. – Decididamente, tem a mentalidade muito classe média – e afundou um pouco mais na lama, passando então a meditar sobre a solidão dos gênios.

De repente, dois garotinhos vestidos de branco vieram correndo pela margem, com uma chaleira e alguns gravetos.

– Deve ser a comissão – disse o Foguete e tentou mostrar-se digno.

– Ei! – exclamou um dos garotos –, olhe esta vareta usada. Como é que ela pode ter vindo parar aqui? – E tirou o foguete da lama.

– Vareta usada! – disse o Foguete. – Impossível. Vareta dourada, foi o que ele disse. Vareta dourada é muito enaltecedor. De fato, deve ter-me confundido com um dos dignitários da Corte!

– Vamos jogá-la no fogo – disse o outro garoto. – Vai ajudar a ferver a chaleira.

Empilharam os gravetos, puseram o Foguete por cima e atearam o fogo.

– Isto é magnífico – gritou o Foguete. – Vão soltar-me em plena luz do dia, para que todos me possam ver.

– Agora vamos dormir – disse um menino – e quando acordarmos a chaleira terá fervido.

Deitaram-se na grama e fecharam os olhos.

O Foguete estava muito úmido e levou muito tempo para queimar. Finalmente, o fogo pegou.

– Vou lançar-me agora! – gritou e ficou empertigado. – Sei que irei mais alto que as estrelas, muito mais que a Lua, mais ainda que o Sol. De fato, tão alto que... – Zum! Zum! Zum! – lá se foi direto para o espaço. – Que maravilha! – gritou. – Vou assim para sempre. Que sucesso eu sou!

Mas ninguém o viu.

Começou a sentir um formigamento curioso por toda parte.

– Vou explodir! – gritou. – Vou incendiar o mundo todo, vou fazer tanto barulho que ninguém falará em outra coisa durante um ano inteiro! – e explodiu mesmo. "Bum! Bum! Bum!", fez a pólvora, sem deixar qualquer dúvida. Mas ninguém o ouviu, nem mesmo os garotinhos, porque estavam dormindo profundamente.

Tudo que restou dele foi a vareta, que caiu nas costas de um Ganso que passeava na beira do fosso.

– Céus! – gritou o Ganso. – Vai chover varetas! – e pulou rápido para a água.

– Sabia que ia causar uma grande sensação – disse o Foguete, já com certa dificuldade. E extinguiu-se.

O Filho da Estrela

Era uma vez dois pobres lenhadores que iam para casa por uma grande floresta de pinheiros. Era inverno, uma noite de frio cortante. A neve se estendia espessa pelo chão e sobre os ramos das árvores: o gelo fazia com que os brotos estalassem dos dois lados à sua passagem. Quando chegaram à Torrente da Montanha, ela estava suspensa, imóvel no ar, pois o Rei do Gelo a beijara.

Fazia tanto frio que nem mesmo os animais e os pássaros sabiam o que fazer.

– Grrr! – rosnou o Lobo, ao passar manquejando através do arvoredo, com o rabo entre as pernas – é um tempo absolutamente monstruoso! Por que o Governo não toma uma providência?

– Tuí! tuí! tuí! – piaram os verdes Pintarroxos – a velha Terra está morta, e prepararam-na para o funeral com sua mortalha branca.

– A Terra vai casar, e este é seu vestido de noiva – cochicharam as Rolinhas entre si. Seus pezinhos rosados estavam bastante doloridos de frio, mas elas achavam que era seu dever encarar a situação de um ponto de vista romântico.

– Tolice! – grunhiu o Lobo. – Digo-lhes que tudo é culpa do Governo e, se vocês não me acreditam, eu os comerei.

O Lobo tinha um espírito totalmente prático, e sempre dispunha de um bom argumento.

– Bem, de minha parte – disse o Pica-Pau, que era um filósofo nato – não me interessam as explicações. Se uma coisa é assim, é assim que é, e agora é um frio terrível que está fazendo.

Terrivelmente frio certamente estava. Os Esquilinhos, que moravam dentro do abeto alto, ficavam esfregando os focinhos uns nos outros para se manterem aquecidos, e os Coelhos enrolavam-se todos nas suas tocas e nem ao menos se aventuravam a olhar para fora. Os únicos seres que pareciam gostar eram os grandes Mochos-Orelhudos. Suas penas estavam endurecidas pela neve, mas não se importavam; reviravam os grandes olhos amarelos e gritavam uns aos outros pela floresta:

– Tuuu-it! Tuuu-u! Tuuu-it! Tuuu-u! Que tempo delicioso está fazendo!

Os dois lenhadores seguiam sem parar, bafejando vigorosamente nas mãos e deixando pegadas com suas botas ferradas na neve endurecida. Certa vez, submergiram num amontoado de neve e saíram brancos como moleiros quando a mó está triturando trigo; outra, escorregaram no gelo duro e liso do pântano congelado, e a lenha lhes caía dos feixes – tiveram que catá-la e amarrá-la de novo, e, de outra vez, acharam que se haviam perdido e um grande terror apoderou-se deles, porque sabiam que a Neve é cruel com aqueles que dormem em seus braços. Mas confiaram no bom São Martinho, que protege todos os viajantes, refizeram um trecho do seu percurso, seguindo cautelosamente, e afinal alcançaram a orla da floresta, e viram no vale, ao longe, as luzes da aldeia onde moravam.

Tão radiantes estavam por se sentirem salvos que riram alto, e a Terra lhes pareceu uma flor de prata, e a

Lua uma flor de ouro. Depois de rir, porém, ficaram tristes por se lembrarem de sua pobreza, e um deles disse ao outro:

– Por que ficamos contentes, se vemos que a vida é para os ricos, e não para gente como nós? Melhor seria se tivéssemos morrido de frio na floresta ou se alguma fera houvesse saltado sobre nós e nos estraçalhado.

– É verdade – respondeu o companheiro –, muito é dado a alguns, e pouco a outros. A Injustiça partilhou o mundo, e não há divisão uniforme de coisa alguma, a não ser de tristeza.

Mas enquanto se lamentavam, um fato estranho aconteceu. Caiu do céu uma estrela lindíssima e brilhante. Deslizou pela borda do horizonte, passando pelas outras estrelas em seu caminho e, quando eles olhavam maravilhados, pareceu-lhes que ela caíra atrás de um grupo de salgueiros que distava de um curral de ovelhas não mais que alguns passos.

– Puxa! há um pote de ouro para quem a encontrar – gritaram e saíram correndo, tão ansiosos estavam pelo ouro.

E um deles correu mais depressa que o companheiro, e deixou-o para trás, e forçou passagem por entre os salgueiros, e saiu do outro lado, e pronto! havia realmente uma coisa de ouro caída na neve branca. Então ele avançou para ela e, inclinando-se, tocou-a com as mãos; era um manto de tecido dourado, estranhamente bordado de estrelas, e enrolado várias vezes. Gritou para o companheiro que encontrara o tesouro que caíra do céu e, quando o companheiro chegou, sentaram-se na neve e passaram a desenrolar o manto para dividir as moedas de ouro. Mas, oh!, não havia nele ouro, nem prata, nem tesouro de qualquer espécie, mas somente uma criancinha adormecida.

E um deles disse ao outro:

– É um fim amargo para nossa esperança; não temos a menor sorte, pois o que um homem pode ganhar com uma criança? Vamos deixá-la aqui e vamos embora, porque somos pobres e temos nossos próprios filhos, cujo pão não podemos dar a outro.

Mas o companheiro respondeu-lhe:

– Não, porque seria muita maldade deixar essa criança morrer aqui na neve e, embora eu seja tão pobre quanto você e tenha muitas bocas para alimentar e quase nada na panela, mesmo assim a levarei para casa, e minha mulher tomará conta dela.

Ergueu ternamente a criança e, envolvendo-a na capa para protegê-la do tremendo frio, começou a descer a colina, de volta para a aldeia, deixando o companheiro muito espantado com sua insensatez e brandura de coração.

E, quando chegaram à aldeia, o companheiro lhe disse:

– Você ficou com a criança, agora dê-me o manto, pois havíamos combinado dividir tudo.

Mas ele respondeu:

– Não, porque o manto não é meu nem seu, e sim da criança.

E, desejando-lhe boa sorte, foi para casa e bateu à porta.

Quando a mulher abriu e viu que o marido voltara são e salvo, envolveu-lhe o pescoço com os braços e beijou-o, e, tirando-lhe das costas o feixe de lenha e limpando a neve de suas botas, procurou fazê-lo entrar. Mas ele disse:

– Encontrei algo no bosque e trouxe para você tomar conta – e permaneceu na soleira da porta.

– O que é? – gritou ela. – Mostre-me logo, porque a casa está vazia e precisamos de muitas coisas.

E ele abriu o manto, e mostrou a criança adormecida.

– Pelo amor de Deus, criatura! – murmurou ela. – Já não temos filhos bastantes para que você venha trazer um enjeitado para o abrigo do nosso teto? Quem garante que ele não nos dará má sorte? E como vamos sustentá-lo? – e enfureceu-se com ele.

– Nada disso, ele é o Filho de uma Estrela – respondeu ele, e contou-lhe a estranha forma pela qual o encontrara.

Mas ela não se acalmou; antes, zombou dele, falou-lhe duramente e gritou:

– Falta pão para nossos filhos, e ainda vamos alimentar filho dos outros? E quem vai cuidar de nós? Quem nos dará comida?

– Ninguém, mas Deus cuida até dos pardais, e os alimenta – respondeu ele.

– E os pardais não morrem de fome no inverno? – perguntou ela. – E não estamos agora no inverno?

O homem nada respondeu, mas permaneceu imóvel na soleira.

E um vento áspero vindo da floresta entrou pela porta aberta, e a fez tremer; ela se arrepiou e disse:

– Você não poderia fechar a porta? Está entrando um vento gelado e estou com frio.

– Em casa onde há um coração frio não entra sempre um vento gelado? – respondeu ele.

A mulher não respondeu nada, mas aproximou-se ainda mais do fogo. Depois de algum tempo ela se voltou e encarou-o, e seus olhos estavam cheios de lágrimas. Ele entrou rápido e colocou a criança nos braços dela; ela a beijou e depositou-a em uma caminha onde estava o seu filho menor. Na manhã seguinte, o Lenhador pegou o estranho manto de ouro e guardou-o em uma grande arca, e sua mulher pegou um colar de âmbar que estava no pescoço da criança e guardou-o também na arca.

Assim, o Filho da Estrela foi criado com os filhos do Lenhador, sentou-se com eles à mesa e foi seu companheiro nas brincadeiras. E a cada ano ele se tornava mais formoso, de tal modo que todos os moradores da aldeia estavam maravilhados, pois, enquanto eles eram morenos e de cabelos negros, ele era branco e delicado como uma peça de marfim, e os seus cachos pareciam os anéis do narciso silvestre. Seus lábios semelhavam as pétalas de uma flor vermelha, os olhos eram como as violetas às margens de um rio de águas límpidas, e o corpo como o narciso de um campo onde o segador não entrara.

No entanto, a beleza lhe foi prejudicial. Pois cresceu orgulhoso, e cruel, e egoísta. Desprezava os filhos do Lenhador e as outras crianças da aldeia, dizendo que eram de baixa laia, enquanto ele era nobre, tendo se originado de uma Estrela. E assumiu perante eles a condição de amo, tratando-os como seus criados. Não tinha piedade dos pobres, ou dos que eram cegos ou aleijados, ou dos atingidos por qualquer infortúnio: ao contrário, atirava-lhes pedras e corria com eles até a estrada, e ordenava-lhes que fossem mendigar seu pão em outra parte, de forma que somente os fora da lei voltavam a pedir esmolas na aldeia. Na realidade, era um enamorado da beleza, e zombava dos fracos e infortunados, fazendo pilhérias com eles; e só amava a si mesmo. E no verão, quando os ventos se acalmavam, gostava de debruçar-se no poço do pomar do padre e contemplar a maravilha de sua própria face. E ria-se com o prazer que sentia com sua própria beleza.

O Lenhador e sua mulher o repreendiam frequentemente, dizendo:

– Não agimos com você como você o faz com os infortunados, que não têm ninguém que os socorra. Por que então você é tão cruel com todos os que necessitam de compaixão?

Frequentemente, o velho padre mandava chamá-lo, para ensinar-lhe o amor aos seres vivos, dizendo-lhe:

– A mosca é sua irmã. Não lhe faça mal. Os pássaros selvagens que esvoaçam pela floresta são livres. Não os prenda somente para o seu próprio prazer. Deus fez a víbora e a toupeira, e cada qual tem seu lugar. Quem é você para trazer o sofrimento ao mundo de Deus? Até os rebanhos do campo O glorificam.

Mas o Filho da Estrela não ouvia suas palavras: fechava a cara, sacudia os ombros e voltava para junto dos companheiros, e os comandava. E seus companheiros o seguiam, porque ele era belo, de pés ligeiros, sabia dançar e assobiar, e tocar música. Para onde quer que o Filho da Estrela os conduzisse, eles o seguiam. E, quando ele furou os olhos da toupeira com uma vara pontuda, eles riram; e, quando jogou pedras no leproso, também riram. Ele os comandava em tudo, e eles se tornaram tão duros de coração quanto ele.

Um belo dia, chegou à aldeia uma pobre mendiga. Suas roupas estavam rasgadas e esfarrapadas, seus pés sangravam por causa do áspero caminho que percorrera e seu estado era lastimável. E, sentindo-se exausta, sentou-se para descansar à sombra de uma castanheira.

Assim que o Filho da Estrela a viu, disse aos companheiros:

– Vejam! Aquela mendiga imunda está sentada sob aquela árvore linda e verdejante. Venham, vamos expulsá-la dali, pois ela é feia e desagradável.

Então ele se aproximou e atirou-lhe pedras, e zombou

dela, e ela o olhou com terror nos olhos, sem conseguir deixar de fitá-lo. Quando o Lenhador, que estava ali perto cortando lenha, viu o que o Filho da Estrela estava fazendo, correu e repreendeu-o, dizendo-lhe:

– Você deve ser mesmo muito duro de coração e não conhece a piedade; que mal lhe fez essa pobre mulher, para tratá-la dessa maneira?

E o Filho da Estrela ficou vermelho de raiva, e bateu o pé no chão, e disse:

– Quem é você para me dizer o que fazer? Não sou seu filho, para ter que lhe obedecer.

– Isso é verdade – respondeu o Lenhador –, mas acontece que tive pena de você quando o achei na floresta.

Ao ouvir essas palavras, a mulher deu um grito estridente e caiu desmaiada. O Lenhador carregou-a para casa, e sua mulher cuidou dela; quando ela voltou a si, deram-lhe de comer e de beber, e pediram que ficasse à vontade.

Mas ela não quis nem comer nem beber, e apenas disse ao Lenhador:

– Disse que o menino foi encontrado na floresta? E isto não foi há uns dez anos?

E o Lenhador respondeu:

– Foi na floresta que o achei, e isso foi há uns dez anos.

– E que sinais encontrou nele? – gritou ela. – Não tinha no pescoço um colar de âmbar? Não estava envolto em um pano dourado bordado de estrelas?

– É verdade – respondeu o lenhador –, foi exatamente como disse.

E tirou o manto e o colar de âmbar da arca em que estavam guardados, e mostrou-os a ela.

E, quando ela os viu, chorou de alegria, e disse:

– É o meu filhinho, que perdi na floresta. Rogo-lhe

que mande chamá-lo depressa, pois andei o mundo inteiro à sua procura.

E o Lenhador e sua mulher saíram e chamaram o Filho da Estrela, e disseram-lhe:

– Vai até em casa, e lá encontrará sua mãe, que está esperando por você.

Então ele correu, cheio de espanto e de muita alegria. Mas, quando viu quem o esperava ali, riu desdenhosamente e disse:

– Onde está minha mãe? Não vejo ninguém aqui a não ser esta mendiga imunda.

E a mulher respondeu-lhe:

– Eu sou sua mãe.

– Deve estar louca para dizer isso – gritou o Filho da Estrela, com raiva. – Não sou seu filho, porque você é uma mendiga, e feia, e esfarrapada. Portanto, vá-se embora; não quero nunca mais ver essa sua cara horrorosa.

– Não, você é realmente o meu filhinho, que perdi na floresta – gritou ela, e caiu de joelhos, estendendo-lhe os braços. – Os ladrões o tiraram de mim, e o deixaram lá para morrer – murmurou ela –, mas eu o reconheci quando o vi, e reconheci também os sinais, o manto de tecido dourado e o colar de âmbar. Por isso, suplico-lhe que venha comigo, pois vaguei pelo mundo inteiro à sua procura. Venha comigo, meu filho, pois preciso do seu amor.

Mas o Filho da Estrela não se moveu de onde estava; ao contrário, fechou contra ela as portas do coração, e não se ouvia nenhum outro som a não ser o da mulher soluçando de dor.

Finalmente ele falou, e sua voz era dura e amarga:

– Se você fosse de fato minha mãe – disse ele –, teria sido melhor que ficasse longe, e não que tivesse vindo aqui para trazer-me vergonha, pois eu pensava que era filho de uma Estrela, e não de uma mendiga, como está dizendo. Por isso, vá-se embora, e não quero vê-la nunca mais.

– Ai! meu filho – exclamou ela –, não quer dar-me um beijo, antes que eu parta? Pois sofri muito para encontrá-lo.

– Não – disse o Filho da Estrela –, porque você é muito feia e eu preferiria beijar uma víbora ou um sapo.

Então a mulher levantou-se e encaminhou-se para a floresta, chorando desesperadamente. E, quando o Filho da Estrela viu que ela havia partido, ficou contente e correu de volta a seus companheiros, para continuar a brincar com eles.

Mas, quando o viram chegar, debocharam dele e disseram:

– Você é feio como o sapo e nojento como a víbora. Vá-se embora, porque não queremos que brinque conosco.

E expulsaram-no do jardim.

E o Filho da Estrela enfureceu-se e disse a si próprio:

– Mas o que foi que eles me disseram? Vou ao poço olhar-me na água, e ela falará da minha beleza.

Foi então até o poço e olhou-se na água, e, oh!, sua face era a face de um sapo, e seu corpo era como o de uma víbora. E ele se atirou na grama e chorou, e disse a si próprio:

– Certamente, isso me aconteceu por causa do meu pecado. Pois neguei minha mãe e mandei-a embora; fui orgulhoso e cruel para com ela. Por isso, devo procurá-la pelo mundo inteiro, e não descansarei até encontrá-la.

E então chegou até ele a filhinha do Lenhador, que colocou a mão em seu ombro e disse:

– Que importância tem que tenha perdido sua beleza? Fique conosco, e não zombaremos de você.

E ele disse:

– Não, pois fui cruel com minha mãe e, como punição, este mal me foi enviado. Agora, tenho que partir e procurar pelo mundo afora até encontrá-la, para que ela me perdoe.

E ele foi correndo para a floresta a chamar pela mãe, mas não obteve resposta. Durante o resto do dia ele a chamou e, quando o sol se pôs, deitou-se para dormir num leito de folhas. Os pássaros e os animais fugiam dele, pois se lembravam da sua crueldade, e ele ficou sozinho, apenas com o sapo, que o velava, e a víbora, que rastejava lentamente ao seu redor.

Ao amanhecer, levantou-se, colheu algumas frutas ácidas das árvores, comeu-as e seguiu seu caminho pela floresta, chorando amargamente. E a todos que encontrava perguntava se tinham visto sua mãe. Disse à Toupeira:

– Você, que pode andar por dentro da terra, me diga: minha mãe está lá?

E a Toupeira respondeu:

– Você furou meus olhos. Como posso saber?

Perguntou ao Pintarroxo:

– Você, que pode voar acima da copa das árvores altas e pode ver o mundo inteiro: pode ver minha mãe?

E o Pintarroxo respondeu:

– Você me cortou as asas para se divertir. Como posso voar?

E perguntou ao pequeno Esquilo, que morava no abeto e vivia sozinho:

– Onde está minha mãe?

E o Esquilo respondeu:

– Você matou minha mãe. Está procurando a sua para matá-la também?

O Filho da Estrela chorou e baixou a cabeça, e pediu perdão às criaturas de Deus, e continuou através da floresta, em busca da mendiga.

E, quando passava pelas aldeias, as crianças zombavam dele e atiravam-lhe pedras, e os aldeães não permitiam sequer que dormisse nos celeiros, temendo que pudesse contaminar com bolor o trigo ali guardado, tão feio era o seu aspecto. Os criados enxotavam-no, e ninguém tinha pena dele.

Não ouviu falar em parte alguma da mendiga que era sua mãe, embora vagasse pelo mundo durante três anos, e muitas vezes lhe parecesse vê-la na estrada, à sua frente, e chamasse por ela, e corresse atrás dela até que as pedras aguçadas lhe cortassem os pés até sangrar. Mas não conseguia alcançá-la, e os que moravam à beira do caminho sempre negavam tê-la visto, ou a alguém parecido, e riam do seu desespero.

Durante três anos vagou pelo mundo, e no mundo não havia nem amor, nem bondade, nem caridade para ele, mas era exatamente o mundo que criara para si nos dias do seu grande orgulho.

E, no começo de uma noite, chegou à porta de uma cidade protegida por muros, às margens de um rio, e mesmo exausto e com os pés doloridos tentou entrar nela. Mas os soldados que estavam de guarda cruzaram as alabardas à sua frente e disseram-lhe asperamente:

– O que quer nesta cidade?

– Estou procurando minha mãe – respondeu ele – e suplico-lhes que me deixem entrar, pois talvez ela esteja nesta cidade.

Mas eles riram dele, e um deles sacudiu a barba negra, apoiou o escudo no chão e exclamou:

– Na certa, sua mãe não ficará satisfeita quando o

vir, pois você é mais feio que o sapo do pântano, ou a víbora que se arrasta pelo charco. Caia fora daqui. Caia fora daqui. Sua mãe não mora nesta cidade.

E o outro, que empunhava um estandarte amarelo, disse-lhe:

– Quem é a sua mãe, e por que está procurando por ela?

E ele respondeu:

– Minha mãe é uma mendiga como eu, e maltratei-a, e imploro que me deixem passar, para que ela possa perdoar-me, se é que se deteve nesta cidade.

Mas eles não deixaram, e picaram-no com suas lanças.

E, quando ele ia embora, chorando, chegou um cavaleiro com uma armadura ornada de flores de ouro, cujo elmo ostentava um leão alado, e perguntou aos soldados quem estava querendo entrar. E eles responderam:

– É um mendigo filho de mendiga, e nós o enxotamos.

– Não – exclamou ele, rindo. – Venderemos essa coisa nojenta como escravo, e seu preço será o preço de uma jarra de bom vinho.

E um velho mal-encarado que ia passando disse:

– Eu o compro por esse preço – e, após pagar o preço, tomou o Filho da Estrela pela mão e entrou com ele na cidade.

Depois de percorrerem muitas ruas, chegaram a uma portinhola que se abria em uma parede coberta por um pé de romã. O velho tocou a porta com um anel de jaspe burilado e ela se abriu, e os dois desceram cinco degraus de bronze, até chegarem a um jardim cheio de papoulas negras e jarros de barro verdes. O velho tirou do turbante uma faixa de seda estampada, vendou com ela os olhos do Filho da Estrela e o fez andar à sua frente. E, quando a faixa lhe foi retirada dos olhos, o Filho da Estrela encontrou-se numa masmorra, iluminada por uma lanterna feita de chifre.

E o velho colocou à sua frente um pedaço de pão embolorado e disse:

– Coma.

E um copo com um pouco de água salobra e disse:

– Beba.

E, depois que ele comeu e bebeu, o velho saiu, fechando a porta atrás de si e trancando-a com uma corrente de ferro.

E, na manhã seguinte, o velho, que na verdade era o mais astuto dos mágicos da Líbia e aprendera sua arte com um daqueles que moravam nos túmulos do Nilo, dirigiu-se a ele, zangado, e disse:

– Em um bosque próximo aos portões desta cidade de Infiéis há três moedas de ouro. Uma é de ouro branco, outra de ouro amarelo, e o ouro da terceira é vermelho. Hoje, você deve trazer-me a moeda de ouro branco e, se não a trouxer, lhe darei cem chibatadas. Vá depressa, e ao pôr do sol estarei à sua espera na entrada do jardim. Mas trate de trazer o ouro branco, do contrário estará mal, pois comprei-o pelo preço de uma jarra de bom vinho.

Vendou os olhos do Filho da Estrela com a faixa de seda estampada e conduziu-o pela casa e pelo jardim de papoulas, e pelos cinco degraus de bronze. E, abrindo a portinhola com o anel, deixou-o na rua.

E o Filho da Estrela saiu pela porta da cidade, e chegou ao bosque do qual lhe falara o Mágico.

Ora, aquele bosque era belíssimo, visto de fora; parecia cheio de pássaros canoros e de flores perfumadas, e o Filho da Estrela entrou nele alegremente. Mas tanta beleza de pouco lhe valeu, pois onde quer que fosse brotavam do chão, e o cercavam, ásperas urzes e espinhos penetrantes, e urtigas bravas o queimavam, e o cardo perfurava-o com seus punhais, de tal forma que se viu numa situação angustiante. Nem conseguiu encontrar em parte alguma a moeda de ouro branco da qual falara o Mágico, embora a procurasse da manhã até o meio-dia, e do meio-dia até o anoitecer. E, ao anoitecer, dirigiu-se para casa, chorando amargamente, pois sabia a sorte que lhe estava reservada.

Mas, quando chegou à orla do bosque, ouviu um grito de dor que partia de uma moita. Esquecendo o próprio infortúnio, correu para o local e viu uma pequena Lebre presa em uma armadilha que alguém armara.

E o Filho da Estrela apiedou-se dela, e libertou-a, e disse-lhe:

– Eu mesmo não passo de um escravo, e ainda, assim posso dar-lhe a liberdade.

E a Lebre respondeu:

– Sem dúvida, você me deu liberdade, e o que lhe posso dar em troca?

O Filho da Estrela disse-lhe:

– Estou procurando uma certa moeda de ouro branco, não consigo encontrá-la e, se não a levar para meu amo, ele me açoitará.

– Venha comigo – disse a Lebre –, e eu a darei a você, pois sei onde está escondida, e para quê.

Então, o Filho da Estrela foi com a Lebre e, oh!, no oco de um grande carvalho encontrou a moeda de ouro branco que estava procurando. Sentiu-se cheio de alegria, e pegou-a, e disse à Lebre:

– O serviço que lhe prestei foi muitas vezes retribuído, e a bondade que lhe dediquei foi-me cem vezes paga por você.

– Não – respondeu a Lebre –, apenas agi com você da mesma forma que agiu comigo.

E afastou-se rapidamente, e o Filho da Estrela voltou para a cidade.

Ora, à porta da cidade estava sentado um leproso. Tinha o rosto coberto por um capuz de linho cinzento e, através de dois buracos, seus olhos brilhavam como brasas. Quando ele viu o Filho da Estrela se aproximando, bateu numa tigela de madeira, fez soar uma sineta e disse:

– Dê-me uma moeda, ou morrerei de fome. Pois me expulsaram da cidade, e ninguém tem piedade de mim.

– Ai! – exclamou o Filho da Estrela – só tenho uma moeda na bolsa e, se não a levar para o meu amo, ele me baterá, pois sou seu escravo.

Mas o leproso insistiu com ele, e implorou-lhe, até que o Filho da Estrela se apiedou e deu-lhe a moeda de ouro branco.

E, quando ele chegou à casa do Mágico, este abriu-lhe a porta, empurrou-o para dentro e disse:

– Trouxe a moeda de ouro branco?

E o Filho da Estrela respondeu:

– Não a tenho.

Então o Mágico avançou sobre ele e bateu-lhe, e colocou diante dele um prato vazio, e disse:

– Coma.

E uma caneca vazia e disse:

– Beba.

E jogou-o de volta na masmorra.

Na manhã seguinte o Mágico procurou-o e disse:

– Se hoje você não me trouxer a moeda de ouro amarelo, continuará meu escravo, e lhe darei trezentas chibatadas.

Assim, o Filho da Estrela foi para o bosque, e durante todo o dia procurou pela moeda de ouro amarelo, mas não a encontrou em parte alguma. Ao anoitecer sentou-se e começou a chorar, e quando estava chorando chegou até ele a pequena Lebre que salvara da armadilha. E a Lebre disse-lhe:

– Por que está chorando? E o que está procurando no bosque?

E o Filho da Estrela respondeu:

– Estou procurando uma moeda de ouro amarelo que está escondida aqui, e se não a encontrar meu amo me baterá, e me conservará como escravo.

– Siga-me – gritou a Lebre, e correu para dentro do bosque até chegar a uma pequena lagoa. E no fundo da lagoa estava a moeda de ouro amarelo.

– Como posso agradecer-lhe? – disse o Filho da Estrela –, pois esta é a segunda vez que me socorre.

– Não, foi você que primeiro teve pena de mim – disse a Lebre, e afastou-se correndo.

O Filho da Estrela pegou a moeda de ouro amarelo, colocou-a na bolsa, e voltou depressa para a cidade. Mas o leproso o viu chegar, correu ao seu encontro, ajoelhou-se e gritou:

– Dê-me uma moeda ou morrerei de fome.

E o Filho da Estrela disse:

– Só tenho na minha bolsa uma moeda de ouro amarelo, e se não levá-la ao meu amo ele me açoitará e me manterá como seu escravo.

Mas o leproso lhe suplicou de tal forma que o Filho da Estrela teve piedade dele e deu-lhe a moeda de ouro amarelo.

E, quando voltou para a casa do Mágico, este abriu a porta e o empurrou para dentro, e disse:

– Trouxe a moeda de ouro amarelo?

E o Filho da Estrela disse:

– Não a trouxe.

Então o Mágico avançou sobre ele, e bateu-lhe, e prendeu-o com correntes, e o atirou de volta na masmorra.

Na manhã seguinte o Mágico voltou e disse-lhe:

– Se hoje você me trouxer a moeda de ouro vermelho, eu o libertarei, mas, se não a trouxer, seguramente o matarei.

O Filho da Estrela seguiu para o bosque, e durante todo o dia procurou pela moeda de ouro vermelho, mas não a encontrou em parte alguma. E, ao entardecer, sentou-se e chorou, e quando estava chorando aproximou-se dele a pequena Lebre. E a Lebre disse-lhe:

– A moeda de ouro vermelho que procura está na caverna ali atrás. Portanto, não chore mais, e alegre-se.

– Como posso recompensar-lhe? – gritou o Filho da Estrela – pois esta é a terceira vez que você me socorre.

– Não, você se apiedou de mim primeiro – disse a Lebre, e rapidamente afastou-se correndo.

O Filho da Estrela entrou na caverna, e no canto mais afastado encontrou a moeda de ouro vermelho. Então, colocou-a na bolsa e correu para a cidade. E o leproso, vendo-o aproximar-se, postou-se no meio da estrada e gritou:

– Dê-me a moeda de ouro vermelho, ou morrerei.

E o Filho da Estrela apiedou-se dele novamente, e deu-lhe a moeda de ouro vermelho, dizendo:

– Sua necessidade é maior do que a minha.

Mas seu coração estava pesado, pois sabia a terrível sorte que o aguardava.

Eis, porém, que ao passar pela porta da cidade, os guardas inclinaram-se à sua frente e lhe prestaram homenagem, dizendo:

– Como é belo o nosso senhor!

E uma multidão de cidadãos acompanhou-o e gritava:

– Certamente não existe ninguém tão formoso no mundo inteiro!

Então o Filho da Estrela começou a chorar, e disse para si próprio:

– Estão zombando de mim e divertindo-se com minha desgraça.

E tão grande era o ajuntamento de gente que ele perdeu o caminho, e encontrou-se por fim em uma grande praça, onde estava o palácio de um Rei.

E o portão do palácio abriu-se, e os sacerdotes e os altos dignitários da cidade correram ao seu encontro, e inclinaram-se diante dele, e disseram:

– És o nosso senhor, pelo qual estávamos esperando, e o filho do nosso Rei.

O Filho da Estrela respondeu-lhes:

– Não sou filho de rei, mas o filho de uma pobre mendiga. E, como podem dizer que sou belo, se sei que tenho uma aparência horrível?

Então aquele cuja armadura tinha gravadas flores de ouro e em cujo elmo se via um leão alado, levantou o escudo e gritou:

– Como pode o meu senhor dizer que não é belo?

E o Filho da Estrela olhou e, oh!, sua face estava como era antes; sua beleza voltara, e viu em seus olhos o que não tinha visto ainda.

E os sacerdotes e os altos dignitários ajoelharam-se e disseram-lhe:

– Estava há muito profetizado que neste dia haveria de chegar aquele que reinará sobre nós. Portanto, queira nosso senhor receber esta coroa e este cetro, e seja nosso Rei, em sua justiça e misericórdia.

Mas ele disse-lhes:

– Não sou digno, pois neguei a mãe que me deu à luz, e não posso descansar até encontrá-la e receber o seu perdão. Portanto, deixem-me ir, pois devo voltar a vagar pelo mundo, e não posso deter-me aqui, embora me ofereçam a coroa e o cetro.

Ao terminar de falar, desviou o rosto deles, voltando-se para a rua que levava às portas da cidade, e, oh!, entre a multidão que se comprimia em torno dos soldados, viu a mendiga que era sua mãe, e ao seu lado estava o leproso da estrada.

Um grito de alegria brotou de seus lábios. Correu para eles e, ajoelhando-se, beijou as chagas dos pés de sua mãe, e molhou-as com suas lágrimas. Inclinou a cabeça até a areia e, soluçando como alguém cujo coração estivesse a ponto de se partir, disse a ela:

– Mãe, reneguei-a na hora do meu orgulho. Aceite-me na hora da minha humildade. Mãe, eu lhe dei o ódio. Dê-me amor. Mãe, eu a rejeitei. Aceite agora o seu filho.

Mas a mendiga não lhe respondeu uma só palavra.

E ele estendeu as mãos, e segurou os pés brancos do leproso, e disse-lhe:

– Por três vezes lhe dei minha misericórdia. Peça à minha mãe que me fale pelo menos uma vez.

Mas o leproso não lhe respondeu uma só palavra.

E ele chorou de novo, e disse:

– Mãe, meu sofrimento é maior do que posso suportar. Dê-me o seu perdão e deixe-me voltar para a floresta.

A mendiga pôs a mão em sua cabeça e disse-lhe:

– Levante-se.

E o leproso pôs a mão em sua cabeça, e disse-lhe também:

– Levante-se.

E ele se pôs de pé, e olhou-os, e, oh!, eram o Rei e a Rainha.

E a Rainha lhe disse:

– Este é o seu pai, a quem você socorreu.

E o Rei disse:

– Esta é sua mãe, cujos pés você lavou com suas lágrimas.

Lançaram-se ao seu pescoço e beijaram-no; conduziram-no ao palácio e vestiram-no com formosos trajes, colocaram a coroa em sua cabeça, e o cetro em sua mão, e ele reinou sobre a cidade que se erguia à beira do rio, e era seu senhor. Demonstrou a todos muita justiça e misericórdia: desterrou o perverso Mágico, enviou ricos presentes ao Lenhador e sua mulher e aos seus filhos conferiu altas honrarias. Não permitiu que ninguém fosse cruel com pássaros ou animais, mas ensinou amor, bondade e caridade, e ao pobre deu pão, e ao nu deu roupas, e houve paz e fartura no país.

Mas ele não reinou por muito tempo. Tão grande fora seu sofrimento, e tão amargo o fogo de sua provação, que ao fim de três anos ele morreu. E o que veio depois dele reinou perversamente.

O aniversário da Infanta

Era o aniversário da Infanta. Ela fazia doze anos, e o sol brilhava nos jardins do palácio.

Embora fosse uma verdadeira Princesa, e Infanta de Espanha, só fazia anos uma vez por ano, tal como as meninas filhas da gente mais pobre; era, portanto, de grande importância para o país inteiro que aquele fosse um dia bonito de verdade. E era mesmo um dia bonito de verdade. As altas tulipas listradas aprumavam-se nos caules, como longas fileiras de soldados, e, através da relva, olhavam desafiadoramente as rosas, dizendo: "Estamos hoje tão esplêndidas quanto vocês".

Borboletas purpúreas esvoaçavam, asas empoadas de ouro, visitando as flores uma a uma; lagartixas surgiam das fendas do muro e vinham se aquecer ao sol muito claro; romãs estalavam, rachando ao calor, mostrando os sangrentos corações vermelhos. Até os limões de um amarelo pálido, que pendiam profusamente das velhas latadas e das arcadas sombrias, pareciam ter uma cor mais rica sob a luz maravilhosa, e os pés de magnólia abriam os grandes globos de suas flores de marfim, enchendo o ar de um perfume pesado e doce.

A Princesinha passeava pelo terraço com seus companheiros, brincando de esconder entre os vasos de pedra e as velhas estátuas cobertas de musgo. Nos dias comuns só tinha licença de brincar com crianças de sua condição, e por isso brincava sempre sozinha; mas, como o aniversário era uma exceção, o Rei dera ordens para que ela convidasse os amiguinhos que quisesse e com eles se divertisse. Havia uma graça imponente naquelas esguias crianças de Espanha que ali se moviam – os meninos com seus chapéus de longas plumas e os pequenos capotes esvoaçando; as meninas erguendo as caudas de longos vestidos bordados e protegendo os olhos da forte luminosidade com imensos leques de ouro e prata. A Infanta era, porém, de todas a mais graciosa e a que se enfeitara com mais fino gosto, dentro da moda um tanto incômoda exigida pela data. Seu vestido era de cetim cinza, a saia e as mangas de grandes tufos pesadamente bordados em prata, e o rígido corpete guarnecido de fileiras de lindas pérolas. Duas chinelinhas com rosetas rubras apareciam-lhe sob o vestido, ao andar. O grande leque de gaze era cor-de-rosa e pérola; e nos cabelos, que lhe cercavam o rostinho pálido de uma auréola de ouro desmaiado, havia uma bela rosa branca.

De uma janela do Palácio o melancólico Rei os contemplava. Atrás dele estavam seu irmão, Dom Pedro de Aragão, que ele odiava, e seu confessor, o Grande Inquisidor de Granada, sentados lado a lado. O Rei parecia ainda mais triste que de costume, pois, vendo a Infanta a inclinar-se com uma gravidade infantil para saudar os cortesãos reunidos, ou a rir-se atrás do leque da feia Duquesa de Albuquerque, que sempre a acompanhava, lembrava-se da jovem Rainha, mãe da menina, que há tão pouco tempo – assim lhe parecia – viera do alegre país de França e fenecera no sombrio esplendor da corte de Espanha, morrendo justamente seis meses depois de nascer a criança e antes que pudesse ver as amendoeiras florirem duas vezes ou a velha figueira dar pela segunda vez seus frutos no centro do pomar agora cheio de relva crescida. Tão grande amor

lhe dedicara, que não permitiu que um túmulo a ocultasse. Ela havia sido embalsamada por um médico mouro que, em troca desse serviço, tinha escapado da morte a que fora condenado pelo Santo Ofício, segundo se dizia, por heresia e suspeita de práticas mágicas. O corpo jazia no ataúde atapetado, na capela de mármore negro do Palácio, para onde os monges o haviam levado em um chuvoso dia de março, cerca de doze anos atrás. Uma vez por mês o Rei, envolto em uma capa preta e levando na mão uma lanterna coberta de crepe, ia ajoelhar-se ao seu lado, bradando: *"Mi reina! Mi reina!"*[7] E às vezes, quebrando a rígida etiqueta que na Espanha governa os menores detalhes da vida, segurava-lhe as mãos cheias de joias, na agonia de uma dor selvagem, e tentava despertar com seus beijos loucos o frio rosto maquiado.

Naquele dia tinha a impressão de vê-la novamente, como a vira pela primeira vez no Castelo de Fontainebleau quando ele andava pelos quinze anos e ela era ainda mais jovem. Tinham tido então seu noivado formalizado pelo Núncio Papal, em presença do Rei de França e de toda a corte, e ele regressara ao Palácio do Escoriai trazendo consigo um cachinho de cabelos louros e a lembrança de dois lábios infantis abaixando-se para lhe beijar a mão quando ele subia à carruagem. Mais tarde as núpcias foram completadas em Burgos, pequena cidade da fronteira dos dois países, e veio a grande entrada pública em Madri com a costumeira celebração de missa solene na Igreja de La Atocha e um mais solene ainda auto de fé, em que cerca de trezentos hereges, entre os quais muitos ingleses, foram entregues ao braço secular para serem queimados.

---

[7] "Minha rainha! Minha rainha!" Em espanhol, no original.

Amara-a certamente com loucura e, segundo muitos pensavam, para ruína do país, então em luta com a Inglaterra pelo domínio do império do Novo Mundo. Dificilmente permitia que ela se afastasse de sua vista; por sua causa esquecera, ou parecia ter esquecido, todos os graves negócios do Estado; e com essa estranha cegueira que a paixão produz em seus servos não notou que as complicadas cerimônias com que procurava distraí-la só serviam para agravar a estranha doença de que ela sofria. Quando ela morreu, ficou, durante algum tempo, privado da razão. Na verdade teria abdicado e se retirado para o grande mosteiro trapista de Granada, do qual já era prior titular, se não tivesse medo de deixar a pequena Infanta à mercê do irmão, cuja crueldade, mesmo para a Espanha, era notória, e de quem se suspeitava ter causado a morte da Rainha por meio de um par de luvas envenenadas que lhe presenteara por ocasião de sua visita ao Castelo de Aragão. Mesmo ao fim de três anos de luto público que havia decretado por um edito real para todos os seus domínios, jamais consentiu que nenhum ministro lhe falasse de alguma nova aliança, e quando o próprio Imperador do Sacro Império se dirigiu a ele, oferecendo-lhe em casamento a mão da linda Arquiduquesa da Boêmia, sua sobrinha, mandou que os emissários dissessem ao seu senhor que o Rei de Espanha já se casara com a Saudade e que, embora fosse uma esposa estéril, ele a amava mais do que à Beleza. Tal resposta custou à sua coroa as ricas províncias holandesas, que pouco depois, sob instigação do Imperador, se revoltaram sob a chefia de alguns fanáticos da Igreja Reformada.

Toda a sua vida de casado, com suas alegrias veementes e sublimes e a terrível agonia do fim súbito, parecia reviver naquele momento em que contemplava a Infanta brincando no terraço. Tinha a mesma linda petulância de maneiras da Rainha, o mesmo jeito voluntarioso de inclinar a cabeça, a mesma curva orgulhosa na boca linda, mesmo sorriso encantador – *vrai sourire de France*[8] – ao erguer de vez em quando um olhar para a janela ou estender a mãozinha ao beijo dos soberbos cavalheiros espanhóis. Mas o riso agudo das crianças feria-lhe os ouvidos, o brilho impiedoso da luz do sol zombava de sua tristeza e um lânguido cheiro de especiarias estranhas, especiarias como as que os embalsamadores usam, parecia pairar – ou era imaginação sua – no claro ar da manhã. Escondeu as faces nas mãos e, quando a Infanta ergueu novamente os olhos, as cortinas tinham sido baixadas e o Rei havia se retirado.

A Infanta fez um pequeno muxoxo de desapontamento e encolheu os ombros. Ele tinha a obrigação de ficar em sua companhia no dia de seu aniversário. Que importância tinham os estúpidos negócios de Estado? Oh, teria ele ido para aquela lúgubre capela, onde as velas estavam sempre acesas e onde nunca a deixavam entrar? Que bobo, em um dia de sol tão brilhante, e todo mundo tão feliz! Além disso ele ia perder a tourada burlesca para a qual já soavam as trombetas, para não falar do teatrinho de marionetes e outras coisas maravilhosas.

O tio e o Grande Inquisidor eram bem mais delicados. Haviam descido ao terraço e lhe dirigiam belos cumprimentos. Inclinou a linda cabeça e, dando a mão a Dom Pedro, desceu lentamente os degraus e caminhou para o grande pavilhão de seda purpúrea que fora armado no fundo do jardim. Seguiam-na as outras crianças

---

[8] Verdadeiro sorriso de França. Em francês, no original.

em estrita ordem de precedência – em primeiro lugar as que tinham nomes mais compridos.

Uma procissão de meninos nobres, fantasticamente vestidos de *toreadores*, veio-lhe ao encontro, e o jovem Conde de Tierra Nueva, maravilhoso rapaz de quatorze anos, descobrindo-se com garbo de um *hidalgo* e grande de Espanha, conduziu-a solenemente a uma cadeira de ouro e marfim colocada sobre um estrado que dominava a arena. As crianças sentaram-se ao redor, abanando os grandes leques e cochichando, e Dom Pedro e o Grande Inquisidor detiveram-se rindo à porta de entrada. Até a Duquesa, a *Camarera-Mayor*, como era chamada, uma dura e seca mulher de golilha amarela, não parecia tão mal-humorada como de costume, ostentando uma espécie de sorriso frio que lhe esvoaçava pelas faces enrugadas e lhe repuxava os finos lábios exangues.

Era certamente uma tourada maravilhosa, e muito mais bonita, pensava a Infanta, que a tourada de verdade a que assistira em Sevilha, por ocasião da visita do Duque de Parma ao seu pai. Alguns meninos cabriolavam montados em cavalos de pau ricamente ajaezados, brandindo longos dardos com fitas coloridas e alegres bandeirolas; quanto ao touro, era igual a um touro vivo, embora fosse feito de vime e couro esticado e às vezes insistisse em fazer a volta à arena andando somente nas patas traseiras, o que nenhum touro de verdade jamais sonhou fazer. Lutava de maneira tão esplêndida que as crianças, entusiasmadas, ficavam em pé nos bancos agitando seus lencinhos de renda e gritavam *"Bravo toro! Bravo toro!"* com tanto ardor como se fossem gente grande. Afinal, depois de um prolongado combate, no qual diversos cavalos de pau foram atravessados pelos chifres e seus cavaleiros desmontados, o jovem Conde de Tierra Nueva fez ajoelhar o touro e, tendo obtido permissão da Infanta para dar o *coup de grâce*[9], mergulhou a espada de madeira no pescoço do animal com tal violência que a cabeça saltou fora, e descobriu a cara sorridente do Monsieur de Lorraine, filho do Embaixador de França em Madri.

Limpou-se então a arena; entre grandes aplausos, os cavalinhos de pau mortos foram retirados solenemente por dois pajens mouros de librés negras e amarelas, e após um pequeno intervalo, durante o qual um equilibrista francês fez proezas sobre uma corda esticada, apareceram alguns bonecos italianos para representar a tragédia semiclássica "Sophonisba" no palco de um teatrinho construído para esse fim. Os fantoches representavam tão bem e seus gestos eram tão naturais que ao fim da peça os olhos da Infanta estavam marejados de lágrimas. Algumas crianças choravam de verdade, e o próprio Grande Inquisidor ficou tão comovido que não pôde deixar de dizer a Dom Pedro que lhe parecia intolerável que coisas feitas simplesmente de madeira e cera colorida, e movidas por meio de fios, pudessem ser tão infelizes e sofrer desgraças tão horríveis.

Seguiu-se um mágico africano, que trouxe uma grande cesta chata coberta por um pano vermelho e, colocando-a no centro da arena, tirou do turbante uma curiosa flauta de junco, a qual se pôs a soprar. Em poucos momentos o pano começou a mover-se e, à medida que o som da flauta se tornava mais agudo, duas serpentes douradas e verdes mostraram as cabeças triangulares e se ergueram, voltando-se para um lado e outro segundo a música, com

---

[9] Golpe de misericórdia. Em francês, no original.

a lentidão de uma planta que se move dentro d'água. As crianças, porém, ficaram mais assustadas do que divertidas ao ver as duas cabeças pintalgadas e as línguas rápidas, e gostaram muito mais quando o prestidigitador fez uma pequena laranjeira crescer na areia e dar lindas flores alvas e pencas de frutas verdadeiras; e, quando pegou o leque da filhinha do Marquês de Las Torres e transformou-o em um passarinho azul, que saiu voando e cantando em volta do pavilhão, o entusiasmo e a alegria da meninada não teve limites. Também o minueto solene, apresentado pelos meninos dançarinos da Igreja de Nuestra Señora del Pilar, estava encantador. A Infanta nunca assistira àquela maravilhosa cerimônia, que tem lugar todos os anos, em maio, diante do grande altar da Virgem e em sua honra; na verdade, nenhum membro da família real de Espanha havia entrado mais na grande Catedral de Saragoça desde o dia em que um padre louco, que muitos supunham ter sido pago por Elizabeth da Inglaterra, tentara ministrar uma hóstia envenenada ao Príncipe das Astúrias. Assim, ela conhecia apenas por ouvir dizer a "Dança de Nossa Senhora", como a chamavam; e era realmente uma bela coisa. Os meninos usavam antigas vestimentas da Corte, de veludo branco, e seus curiosos tricórnios tinham franjas de prata e grandes plumas de avestruz. Quando se moviam ao sol, a alvura deslumbrante de suas vestes era ainda mais acentuada pelo moreno das faces e pelos longos cabelos negros. Todos estavam fascinados pela grave dignidade com que se moviam nas intricadas combinações da dança, pela graça medida dos gestos lentos e das fidalgas reverências; quando terminaram a dança e tiraram os grandes chapéus de plumas diante da Infanta, ela recebeu esse cumprimento com muita cortesia e fez a promessa de lhes enviar uma grande vela de cera para ser acesa junto à imagem de Nossa Senhora do Pilar, em agradecimento pelo prazer que ela lhe havia dado.

Um bando de formosos egípcios – como naquele tempo eram chamados os ciganos – avançou para o meio da arena. Sentados em círculo, as pernas cruzadas, começaram a tocar suavemente suas cítaras, marcando o ritmo com meneios de corpo e murmurando uma canção dolente. Ao verem Dom Pedro, franziram as sobrancelhas aterrorizados, pois apenas poucas semanas atrás dois membros de sua tribo haviam sido enforcados por feitiçaria no mercado de Sevilha; mas, quando a linda Infanta se inclinou fitando-os sobre o leque com seus grandes olhos azuis, eles se sentiram encantados, seguros de que uma criatura tão linda não poderia ser cruel com ninguém. E continuaram a tocar com muita doçura, apenas arranhando as cordas das cítaras com as unhas longas, oscilando as cabeças como se fossem dormir. De súbito, soltando um grito tão agudo que fez com que todas as crianças se assustassem e a mão de Dom Pedro procurasse o cabo de ágata do punhal, puseram-se de pé em um salto e começaram a voltear loucamente, batendo os pandeiros e gritando uma selvagem canção de amor em sua língua estranha e gutural. A outro sinal, jogaram-se novamente ao chão e ali ficaram quase imóveis, quebrando o silêncio apenas com o triste murmúrio das cítaras. Depois de fazer isso várias vezes, desapareceram um momento para voltar puxando por uma corrente um urso escuro e felpudo e carregando nos ombros pequenos macacos da Barbária. O urso equilibrou-se sobre a cabeça com a mais perfeita compenetração, e os macaquinhos fizeram toda espécie de travessuras divertidas com dois meninos ciganos que pareciam ser seus donos; bateram-se com pequenas espadas, deram tiros de espingarda e marcharam em formação militar exatamente como os soldados da guarda do Rei. Os ciganos, realmente, fizeram grande sucesso. Porém, a parte mais engraçada de todos os divertimentos da manhã foi, sem dúvida, a dança do anãozinho. Quando ele entrou aos tropeções na arena, gingando nas pernas tortas e abanando para um lado e outro a cabeçorra disforme, as crianças romperam em gritos de delícia, e a própria Infanta riu tanto que a *Camarera* foi obrigada a recordar-lhe que, embora haja muitos precedentes na Espanha de uma filha do Rei chorar na presença de seus iguais, não havia nenhum de uma Princesa de sangue real mostrar-se tão alegre diante de pessoas inferiores por nascimento. Mas o Anão era mesmo irresistível, e nem na Corte de Espanha, famosa pela sua cultivada paixão pelo Horrível, se vira jamais um monstrinho tão fantástico. Era a sua primeira aparição. Tinha sido descoberto somente na véspera, correndo solto pela floresta, por dois nobres que haviam ido caçar em uma parte remota do bosque de sobreiros que rodeava a cidade e que o trouxeram para fazer uma surpresa à Infanta; seu pai, que era um pobre carvoeiro, ficara muito contente em se ver livre de tão feia e inútil criatura. O que tinha de mais divertido era talvez a sua completa inconsciência do próprio grotesco. Na verdade, parecia perfeitamente feliz, cheio de alegria. Quando as crianças riam, ele também ria tão livre e alegremente como elas, e ao final de cada dança fazia-lhes as mais engraçadas reverências, sorrindo e inclinando a cabeça como se fosse realmente igual aos outros, e não uma pequena coisa disforme que a Natureza, em um momento de humor, havia criado para a zombaria de todos. Ficou absolutamente fascinado pela Infanta. Não podia tirar os olhos de sua figura, e parecia dançar somente para ela. No final das danças, recordando-se de como as grandes senhoras da

Corte haviam lançado flores a Caffarelli, o grande cantor italiano que o Papa havia enviado de sua própria capela a Madri para ver se curava a melancolia do Rei com a beleza de sua voz, ela tirou dos cabelos a bela rosa branca e, meio por gosto, meio para arreliar a *Camarera*, lançou-a à arena com o mais lindo de seus sorrisos. A criatura tomou o gesto completamente a sério e, premendo a flor contra os grossos beiços, pôs a mão sobre o coração e dobrou um joelho diante da Infanta, arreganhando os dentes de orelha a orelha, com os pequenos olhos brilhantes a faiscar de prazer. Isso transtornou de tal modo a gravidade da Infanta que ela continuou a rir muito tempo depois de ter o Anão saído da arena, e exprimiu ao tio o desejo de que a dança fosse imediatamente repetida. A *Camarera*, porém, alegando que o sol estava demasiado forte, decidiu que era melhor que Sua Alteza voltasse sem demora para o Palácio, onde uma festa maravilhosa já estava preparada, incluindo um bolo real de aniversário com as suas iniciais desenhadas com açúcar colorido e uma linda bandeirola de prata fincada no centro. A Infanta concordou, erguendo-se com muita dignidade, e, depois de dar uma ordem para que o anãozinho dançasse outra vez para ela após a festa e de apresentar seus agradecimentos ao jovem Conde de Tierra Nueva pela encantadora recepção, retirou-se para seus aposentos, seguida pelas crianças, que guardavam a mesma ordem anterior.

Quando o Anão soube que devia dançar mais uma vez diante da Infanta, e por sua ordem expressa, ficou tão orgulhoso que saiu a correr pelo jardim, beijando a rosa branca num êxtase absurdo e fazendo os mais toscos e desajeitados gestos de alegria.

As Flores ficaram indignadas pela ousada intromissão em seus lindos domínios e, quando o viram cabriolar às tontas pela alameda, agitando os braços sobre a cabeça de um modo ridículo, não puderam esconder seus sentimentos.

– Ele é feio demais para brincar junto de nós – gritaram as Tulipas.

– Devia beber suco de papoula para dormir mil anos – declararam os grandes Lírios Vermelhos, fazendo-se ainda mais vermelhos e furiosos.

– É um horror! – disse o Cacto. – Vejam, é atarracado e torto, e a cabeça é completamente desproporcional às pernas. Fico eriçado só de vê-lo; se chegar perto de mim, eu o picarei com meus espinhos.

– E está com uma de minhas mais belas flores! – disse a Roseira Branca. – Dei-a à Infanta hoje pela manhã, como presente de aniversário, e ele a roubou. – E gritou: – Ladrão, ladrão, ladrão! – com a voz mais alta que possuía.

Até os Gerânios Vermelhos, que geralmente não se fazem de importantes e são conhecidos por manter relações com gente muito pobre, franziram-se de desgosto ao vê-lo. Quando as Violetas comentaram humildemente que embora ele na verdade fosse muito feio não devia ser culpado por isso, os Gerânios retrucaram, com uma boa dose de justiça, que em grande parte a culpa era dele mesmo e que não havia razão para se admirar uma pessoa pelo fato de ser ela incurável; na verdade, algumas Violetas tiveram de concordar que a feiura do Anão era quase escandalosa e que ele teria mostrado mais bom gosto parecendo triste, ou pelo menos pensativo, e não dando pulos alegres ou se entregando a tão grotescas e tolas atitudes.

O Relógio de Sol, personalidade altamente notável, que certa vez dera as horas nada menos que ao Imperador

Carlos V, ficou tão assombrado com o aparecimento do Anão que quase se esqueceu de marcar dois minutos inteiros com seu longo dedo de sombra. Dirigindo-se ao grande Pavão Cor de Leite, que se aquentava ao sol na balaustrada, lembrou que neste mundo os filhos dos Reis são Reis e os filhos dos carvoeiros são carvoeiros e seria absurdo fazer de conta que assim não fosse, declaração com a qual o Pavão concordou inteiramente, gritando "Certamente! Certamente!" com uma voz tão alta e áspera que os peixes dourados que viviam no tanque da fonte puseram as cabeças fora d'água e perguntaram ao grande Tritão de pedra o que estava acontecendo em terra.

Os pássaros, porém, gostavam dele. Já o tinham visto muitas vezes na floresta, dançando como um elfo na farândola das folhas secas, ou agachado sobre o oco de algum velho carvalho para repartir suas nozes com os esquilos. Não faziam o menor caso de sua fealdade. Afinal de contas, nem o rouxinol, que à noite canta nos laranjais com tanta doçura que às vezes a lua se inclina para ouvi-lo, era algo que merecesse ser visto; e o Anão sempre fora muito bom para eles. Durante aquele inverno terrivelmente severo, quando não havia frutas nas árvores e o chão estava duro como ferro, e os lobos tinham vindo até as portas da cidade em busca de comida, nunca os esquecera: sempre lhes dera migalhas de seu naco de pão negro e com eles dividia toda manhã sua pobre comida.

Assim, começaram a voar à sua volta, roçando-lhe de passagem as faces com as asas e tagarelando alegremente; o Anão sentiu-se tão feliz que lhes mostrou a bela rosa branca e contou que a Infanta em pessoa lhe dera, porque o amava.

Não compreenderam uma palavra sequer do que ele lhes dizia, mas isso não tinha importância: inclinavam as cabecinhas para um lado e o olhavam com um ar de inteligência – o que vale tanto quanto compreender uma coisa e é muito mais fácil.

Os Lagartos também gostaram imensamente dele; quando ele cansou de correr de um lado para outro e se afundou na relva para descansar, puseram-se a brincar e saltar doidamente sobre seu corpo, procurando diverti-lo da melhor maneira possível. "Nem todo mundo pode ser tão bonito como um Lagarto", gritavam, "isso seria esperar muito. E, embora pareça absurdo dizê-lo, ele afinal de contas não é tão feio assim – desde que, naturalmente, a gente feche um dos olhos e não espie com o outro."

Os Lagartos são extremamente filosóficos por natureza e muitas vezes ficam horas e horas juntos, a pensar, quando não há outra coisa a fazer ou quando o tempo está demasiado chuvoso para sair.

As Flores, porém, ficaram aborrecidas demais com o comportamento dos Lagartos e dos Pássaros.

– Isso apenas demonstra – diziam – que ficar rastejando ou esvoaçando para cá e para lá tem o efeito de tornar as pessoas vulgares. Gente bem-nascida fica sempre exatamente no mesmo lugar, como nós fazemos. Ninguém nunca nos viu voltejando às tontas pelas alamedas ou galopando loucamente pela grama atrás de libélulas. Quando precisamos mudar de ares dizemos isso ao jardineiro, e ele nos leva para outro canteiro. Isto é digno, e é assim que deve ser. Pássaros e Lagartos não têm, porém, senso de repouso; quanto aos Pássaros, não têm nem mesmo um endereço permanente. São meros vagabundos, como os ciganos, e deveriam ser tratados exatamente do mesmo modo.

E, assim dizendo, punham o nariz para cima, mostrando-se muito desdenhosas; e ficaram contentes ao ver o Anão erguer-se da relva e atravessar o terraço em direção ao palácio.

– Devia ficar trancafiado pelo resto da vida – disseram. – Olhem a sua corcunda, suas pernas tortas... – e começaram a rir baixinho.

O anãozinho, porém, não sabia de nada disso. Gostava imensamente dos Pássaros e dos Lagartos e achava que as Flores eram as coisas mais maravilhosas do mundo, exceto, naturalmente, a Infanta – e ela lhe dera a bela rosa branca, e ela o amava, e isso era muito importante. Como desejaria ter voltado com ela! Ela o colocaria à sua direita, e lhe sorriria, e ele nunca sairia de seu lado, e a faria sua companheira de brinquedos, e lhe ensinaria toda espécie de travessuras deliciosas. Sim, porque, embora antes nunca tivesse estado em um palácio, sabia muitas coisas maravilhosas. Sabia armar pequenas gaiolas de junco para prender cigarras cantadeiras, e com um pedaço de bambu fazer uma flauta igual à de Pan[10]. Conhecia o canto de todos os pássaros, e era capaz de chamar os estorninhos do cimo das árvores ou a garça do brejo. Conhecia o rastro de todos os animais e sabia seguir a pista da lebre pelas suas delicadas pegadas ou do javali pelas folhas pisadas. Sabia todas as danças selvagens – a louca dança vermelha do outono, a leve dança com sandálias azuis sobre o trigo, a dança com alvas grinaldas de neve no inverno e a dança das flores pelos prados na primavera. Sabia onde os pombos silvestres fazem os ninhos, e certa vez, quando um caçador de pássaros pegou um casal a laço, apanhou os filhotes e construiu um pequeno pombal para eles na fenda de um olmo. Os filhotes eram muito mansos e se acostumaram a

---

[10] Divindade da mitologia grega, metade homem, metade animal, que inventou uma espécie de flauta feita com caniços.

comer em sua mão todas as manhãs. A Infanta gostaria deles, e dos coelhos que fugiam precipitadamente pelas folhas das samambaias, e dos gaios de penas cor de aço e bicos pretos, e dos ouriços que se enroscam em bolas de espinhos, e das grandes e prudentes tartarugas que rastejam devagar, movendo as cabeças e mordiscando as folhas novas. Sim, ela haveria de ir para a floresta brincar com ele. Ele lhe cederia a sua caminha e ficaria olhando pela janela até a madrugada, para que o gado bravo não a incomodasse nem o lobo magro se arriscasse até perto da cabana. E pela manhã bateria na porta para acordá-la, e os dois iriam dançar juntos o dia inteiro. Na floresta nunca se sentia a solidão. Às vezes vinha um Bispo em sua mula branca, lendo um livro de figuras. Às vezes passavam os falcoeiros, com seus gorros de veludo verde e seus gibões de camurça, levando nos punhos os falcões de olhos vendados. No tempo da vindima vinham os mercadores de uvas, com os pés e as mãos cor de púrpura, engrinaldados de heras lustrosas e a carregar odres gotejantes de vinho; e os carvoeiros sentavam-se ao redor dos grandes braseiros, à noite, vendo carbonizar-se lentamente ao fogo a lenha seca e assando castanhas nas cinzas, enquanto os salteadores saíam de suas tocas e apareciam para confraternizar com eles. Uma vez, também, vira uma bela procissão serpenteando pela longa estrada poeirenta de Toledo. Os monges iam na frente a cantar docemente, carregando brilhantes bandeiras com cruzes de ouro; depois, em armaduras de prata, com morriões e chuços, vinham os soldados, e no meio deles marchavam três homens descalços, com estranhas vestimentas amarelas decoradas com maravilhosas figuras e lanternas acesas nas mãos. Certamente há muita coisa a ver na floresta, e quando ela ficasse cansada ele saberia fazer-lhe um macio acolchoado de musgos, ou levá-la nos braços, porque ele era muito forte, embora soubesse não ser alto. Faria para ela um colar de bagas vermelhas de briônia, que ficaria quase tão lindo quanto as bagas brancas que ela usava no vestido; e, quando ela se cansasse do colar, poderia jogá-lo fora, e ele arranjaria outro. Levar--lhe-ia anêmonas molhadas de orvalho e pequenos pirilampos para serem estrelas no ouro pálido de seus cabelos.

* * *

Mas onde estava ela? Perguntou-o à rosa branca, e ela não respondeu. O Palácio inteiro parecia adormecido e, mesmo onde as janelas não estavam cerradas, pesadas cortinas vedavam a luz. Andou para um lado e outro, procurando um lugar por onde entrar, e por fim avistou uma pequena porta que tinha sido deixada aberta. Meteu-se por ali e achou-se em um esplêndido vestíbulo, muito mais esplêndido que a própria floresta, com mais dourados por toda parte; até o chão era feito de grandes pedras coloridas ajustadas em desenhos geométricos. Mas a pequena Infanta não estava ali; só havia algumas estátuas brancas e maravilhosas que o olhavam do alto de seus pedestais de jaspe com tristes olhos vazios e um estranho sorriso nos lábios.

No fim do vestíbulo pendia uma cortina de veludo negro ricamente bordada de sóis e estrelas, símbolos favoritos do Rei, e tecida nas cores que ele mais amava. Talvez ela estivesse escondida ali atrás. Fosse como fosse, valia a pena ver.

Aproximou-se furtivamente e afastou para um lado a cortina. Não; o que havia era apenas outra sala – ainda mais bela, pensou, do que a que acabara de deixar. As paredes estavam cobertas com uma grande e antiga tapeçaria verde cheia de figuras, feita à mão, representando uma caçada – trabalho de alguns artistas flamengos que haviam gasto mais de sete anos em sua composição. Aquilo tinha sido a câmara de *Jean le Fou*, como era conhecido o Rei Louco, tão apaixonado pela caça que várias vezes tentara, em seu delírio, montar os enormes cavalos empinados da tapeçaria e abater o veado atrás do qual corriam os grandes galgos, fazendo soar a trompa de caça e golpeando com a adaga o pálido veado que parecia voar pelo quarto. Era usada agora como Sala de Conselho, e na mesa central estavam as pastas vermelhas dos ministros gravadas com as tulipas douradas de Espanha, além das armas e emblemas da Casa dos Habsburgos.

O anãozinho olhava em volta maravilhado e sentiu um pouco de medo de prosseguir. Os estranhos cavaleiros silenciosos que galopavam tão velozmente através do longo atalho sem fazer nenhum ruído pareciam-lhe os terríveis fantasmas dos quais ele ouvira os carvoeiros falar – os *Comprachos*, que só caçam à noite e quando encontram um homem transformam-no em corça e depois o caçam. Pensou, porém, na linda Infanta e tomou coragem. Precisava encontrá-la sozinha e dizer-lhe que também a amava. Talvez estivesse na outra sala. Correu sobre o macio tapete mourisco e abriu a porta. Não! Tampouco estava ali. A sala estava completamente vazia.

Era uma sala de trono, usada para a recepção de embaixadores estrangeiros quando o Rei – o que nos últimos tempos só acontecia raramente – consentia em dar-lhes uma audiência pessoal; o mesmo salão ao qual, muitos anos antes, tinham vindo os emissários da Inglaterra para entrar em entendimentos sobre o casamento da Rainha, então uma das soberanas católicas da Europa, com o filho mais velho do Imperador. Os reposteiros eram de couro dourado de Córdoba, e um pesado lustre de ouro, com braços para trezentas velas de cera, pendia do teto preto e branco. Sob um grande dossel de tecido de ouro, no qual os leões e as torres de Castela estavam bordados de aljôfar, erguia-se o trono, coberto por um rico pálio de veludo preto guarnecido de tulipas prateadas e laboriosamente franjado de pérolas e prata. No segundo degrau do trono estava o genuflexório da Infanta, com sua almofada de fazenda tecida a prata, e abaixo, já fora da cobertura do dossel, via-se a cadeira do Núncio Papal, o único a ter o direito de ficar sentado na presença do Rei por ocasião de uma cerimônia pública, deixando o chapéu cardinalício, com suas borlas escarlates, em um *tabouret*[11] púrpura ao lado. Da parede defronte ao trono pendia um retrato em tamanho natural de Carlos V em roupa de caça, com um grande mastim ao lado; um quadro de Filipe II recebendo a homenagem dos holandeses ocupava o centro da outra parede. Entre as duas janelas estava uma papeleira de ébano embutida de placas de marfim nas quais as figuras da "Dança da Morte" de Holbein haviam sido gravadas pela mão, diziam alguns, do próprio mestre famoso.

Ao anãozinho não interessava, porém, toda essa magnificência. Não trocaria a sua rosa por todas as pérolas do dossel, nem uma singela pétala branca pelo próprio trono. O que desejava era ver a Infanta antes que ela descesse ao pavilhão e pedir-lhe para ir-se embora com ele quando terminasse a dança. Ali, no Palácio, o ar era imóvel e pesado, mas na floresta o vento sopra livre e a luz do sol, com suas inquietas mãos de ouro, move as trêmulas folhas. Havia flores também na floresta, não tão esplêndidas, talvez, como as do jardim, mas de fragrância mais suave; jacintos que no

---

[11] Tamborete, banco. Em francês, no original.

começo da primavera inundam com ondas de púrpura os vales frescos e as colinas relvadas; primaveras douradas que se aninham aos tufos em volta das raízes dos carvalhos, celidônias brilhantes e campainhas azuis, e íris de ouro e violeta. E as flores castanhas das aveleiras, e as dedaleiras que se curvam ao peso dos alvéolos salpicados que as abelhas procuram. E os castanheiros, com suas espiras de estrelas alvas, e o espinheiro branco, com suas pálidas luas de beleza. Sim; certamente ela iria, se ele pudesse encontrá-la. Iria com ele para a linda floresta, e ele dançaria o dia inteiro para diverti--la. Um sorriso iluminou-lhe os olhos a essa ideia, e ele passou ao quarto seguinte.

De todas as salas, aquela era a mais brilhante e mais bela. As paredes eram cobertas com um damasco róseo de Lucca, com pássaros esvoaçantes e delicadas flores de prata; a mobília era de prata maciça, engrinaldada de festões floridos e rondas de Cupidos; adiante das duas amplas lareiras havia grandes biombos bordados com papagaios e pavões, e o piso, de ônix verde-mar, parecia estirar-se na distância. E ele não estava só. Em pé, à sombra da porta de entrada, na outra extremidade da sala, viu uma pequena figura que o fitava. O coração bateu-lhe com força, um grito de alegria saiu de seus lábios, e ele deu um passo para a luz do sol. Quando assim fez, o vulto também se moveu, e ele pôde vê-lo perfeitamente.

A Infanta! Era um monstro, o mais grotesco dos monstros que jamais contemplara. Não tinha a conformação de toda a gente; era corcunda, de pernas tortas, com uma enorme cabeça e uma juba de cabelos negros. O anãozinho franziu as sobrancelhas, e o monstro fez o mesmo. Riu, e ele riu também, as mãos às cadeiras, tal como ele próprio estava fazendo. Dirigiu-lhe uma reverência zombeteira, e ele devolveu-lhe o cumprimento.

Foi-lhe ao encontro, e ele veio-lhe ao encontro, copiando-lhe cada passo e parando quando ele parava. Deu um grito de brincadeira, correu para a frente e estendeu-lhe a mão; e a mão do monstro tocou a sua, e era fria como gelo. Assustou-se e afastou a mão; e a mão do monstro seguiu rapidamente esse movimento. Tentou agarrá-lo, mas esbarrou em alguma coisa dura e lisa. A cara do monstro estava agora junto à sua e parecia cheia de terror. Afastou a mecha de cabelos que lhe caíra nos olhos, e o outro o imitou. Bateu-lhe, e ele devolveu murro por murro. Olhou-o com repugnância, e ele lhe fez uma cara de repugnância. Afastou-se, e ele bateu em retirada.

Que era? Ficou um momento a pensar e olhou, em volta, o resto da sala. Estranho: todas as coisas pareciam ter uma duplicata naquela parede invisível de água clara. Sim, quadro por quadro era repetido, e poltrona por poltrona. O Fauno adormecido na alcova, que havia perto da porta, tinha lá o seu irmão gêmeo, também adormecido. E a Vênus de prata que estava em pé ao sol erguia os braços para outra Vênus igualmente linda.

Seria Eco[12]? Chamara-a certa vez no vale, e ela respondera palavra por palavra. Poderia ela remedar os gestos como remedava a voz? Poderia fazer um mundo de fingimento igual ao verdadeiro? As sombras das coisas podiam ter cor, e vida, e movimento? Podia acontecer que?... Sobressaltou-se e, tirando do peito a bela rosa branca, voltou-se e beijou-a. O monstro também tinha uma rosa, pétala por pétala igual à sua! Beijava-a com os mesmos beijos e a apertava contra o coração com gestos horríveis.

---

[12] Segundo a mitologia grega, Eco era uma ninfa que habitava as montanhas e distraía a deusa Hera, mulher de Zeus, enquanto ele a traía. Como vingança, Hera tirou-lhe o dom de se expressar, fazendo com que a ninfa só pudesse repetir a última sílaba das palavras que ouvia.

Quando a verdade lhe assomou, soltou um grito selvagem de desespero e caiu soluçando no chão. Era então ele aquele ser disforme, corcunda, grotesco, horrível! Ele próprio era o monstro; e era dele que as crianças tinham rido; e a Princesinha, que ele pensara que o amasse, estivera, ela também, zombando de sua fealdade, rindo de seus membros tortos. Por que não o tinham deixado na floresta, onde não havia espelho para lhe dizer o quanto era repugnante? Por que o pai não o matara em lugar de vendê-lo, para sua vergonha? Lágrimas ardentes correram-lhe pelas faces, e ele fez em pedaços a rosa branca. O monstro que se debatia no chão fez o mesmo e espalhou no ar as pétalas estraçalhadas. Permaneceu estirado de bruços, e quando ergueu a cabeça o outro também o fitava com uma cara transtornada pela dor. Arrastou-se um pouco para não vê-lo mais e tapou os olhos com as mãos. Ficou na sombra, chorando, como uma coisa ferida.

E naquele momento a Infanta apareceu com seus companheiros; quando viram o feio anãozinho deitado no chão e batendo no assoalho os punhos cerrados, da maneira mais fantástica e exagerada, deram gritos e gargalhadas de felicidade e se postaram todos à volta para olhá-lo.

– A dança estava engraçada – disse a Infanta –, mas o que ele está fazendo é ainda mais engraçado. Ele é quase tão bom quanto os fantoches, embora não tão natural.

Abanou o seu grande leque e aplaudiu.

O anãozinho, porém, não olhou para cima uma só vez. Seus soluços foram se tornando cada vez mais fracos; de repente, com um arquejo estranho, crispou as mãos, tombou sobre um lado e ficou imóvel.

– Muito bem – disse a Infanta, depois de uma pausa –, agora dance para mim.

– Sim! – gritaram as outras crianças. – Você deve

levantar e dançar, porque você é tão inteligente quanto os macacos da Barbaria, e muito mais ridículo.

O anãozinho, porém, não lhes deu resposta. A Infanta bateu o pé e chamou o tio, que estava no terraço com o camareiro a ler alguns despachos que tinham acabado de chegar do México, onde o Santo Ofício se estabelecera recentemente.

– Meu anãozinho engraçado está fazendo birra – disse ela, chorando. – Faça com que se levante e mande-o dançar para mim.

Os dois homens trocaram um sorriso e entraram na sala. Dom Pedro curvou-se e esbofeteou o Anão na face com sua luva bordada.

– Você tem de dançar, *petit monstre* – disse –, você tem de dançar. A Infanta de Espanha e das Índias quer se divertir.

Mas o anãozinho não se moveu.

– Está precisando de um bom chicote – disse Dom Pedro, aborrecido, e saiu ao terraço.

Mas o camareiro tinha um ar grave. Ajoelhou-se junto ao anãozinho e pôs-lhe a mão sobre o coração. Depois de alguns instantes encolheu os ombros e ergueu-se; tendo feito uma funda reverência à Infanta, disse:

– *Mi bella Princesa*, vosso anãozinho engraçado nunca mais dançará de novo. É pena, porque ele era tão feio que seria capaz até de fazer o Rei sorrir.

– Mas por que ele não dança mais? – perguntou a Infanta, rindo.

– Porque seu coração partiu-se – respondeu o camareiro.

A Infanta franziu as sobrancelhas e os delicados lábios de pétalas de rosa em uma expressão de desdém:

– No futuro faça com que os que vierem brincar comigo não tenham coração – disse.

E saiu correndo para o jardim.

QUEM FOI RUBEM BRAGA?

Capixaba de Cachoeiro de Itapemirim, Rubem Braga nasceu em 1913. Desde cedo dedicou-se ao jornalismo, destacando-se na crônica e na reportagem. Trabalhou ocasionalmente como publicitário, editor e diplomata.

Reuniu em livro seus trabalhos como correspondente junto à Força Expedicionária Brasileira, durante sua campanha na Itália, na Segunda Guerra Mundial. Desde *O conde e o passarinho*, de 1936, até *As boas coisas da vida*, de 1989, publicou dez obras de crônicas. Trabalhou em telejornalismo e escreveu para a *Revista Nacional*, além de colaborar em várias outras publicações.

Para a Série Reencontro, Rubem adaptou *Cyrano de Bergerac*, *Tartarin de Tarascon* (pelos quais recebeu Menção Honrosa do Prêmio Jabuti 88), *O Fantasma de Canterville* e, em parceria com Edson Rocha Braga, *Os Lusíadas*.

Rubem Braga faleceu em dezembro de 1990, no Rio de Janeiro.